屠岸译文集

英美儿童诗选

[英]罗伯特·路易斯·斯蒂文森等 —— 著

屠 岸 —— 译

北方文艺出版社

图书在版编目（CIP）数据

英美儿童诗选 / (英) 罗伯特·路易斯·斯蒂芬森
(Robert Louis Stevenson) 等著；屠岸译 . —— 哈尔滨：
北方文艺出版社，2019.5

（屠岸译文集）

ISBN 978-7-5317-4451-1

Ⅰ.①英… Ⅱ.①罗…②屠… Ⅲ.①儿童诗歌－诗
集－英国－现代②儿童诗歌－诗集－美国－现代 Ⅳ.
① I561.82 ② I712.82

中国版本图书馆 CIP 数据核字 (2018) 第 279750 号

英美儿童诗选
Yingmei Ertong Shixuan

作　者 / [英] 罗伯特·路易斯·斯蒂文森等　　　　译　者 / 屠　岸

责任编辑 / 王　爽　王丽华　　　　　　　　　　封面设计 / 锦色书装

出版发行 / 北方文艺出版社　　　　　　　　　　邮　编 / 150080

发行电话 / (0451) 85951921 85951915　　　　　经　销 / 新华书店

地　址 / 哈尔滨市南岗区林兴街 3 号　　　　　　网　址 / www.bfwy.com

印　刷 / 三河市龙大印装有限公司　　　　　　　开　本 / 880mm×1230mm　1/32

字　数 / 246 千　　　　　　　　　　　　　　　印　张 / 12.5

版　次 / 2019 年 5 月第 1 版　　　　　　　　　印　次 / 2019 年 5 月第 1 次印刷

书　号 / ISBN 978-7-5317-4451-1　　　　　　　定　价 / 48.00 元

一个孩子的诗园

斯蒂文森著

1982年，屠岸、方谷绣合译的《一个孩子的诗园》由
人民文学出版社出版

崇高的美在夜莺的歌声中永不凋零

——《屠岸译文集》（八卷本）序

> 冷色的牧歌！
>
> 等老年摧毁了我们这一代，那时，
>
> 你将仍然是人类的朋友，并且
>
> 会遇到另一些哀愁，你会对人说：
>
> "美即是真，真即是美。"——这就是
>
> 你们在世上所知道、该知道的一切。

这是英国浪漫主义杰出诗人济慈的著名颂诗《希腊古瓮颂》中的最后几行。诗人在诗中以极大的热情赞颂了希腊古瓮崇高的美，并将这永恒而崇高的美与人性的真、生活的真结合在一起，使得美与真达到统一，永不凋零，而这正是诗的译者，诗人、翻译家、我亲爱的父亲屠岸先生一生的追求。在莎士比亚十四行诗中，诗人感叹时间摧毁一切的力量，痛惜生命的短暂和无常。但同时，诗人用生命的繁衍和诗歌的艺术来与冷酷的时间抗衡，歌咏了诗之美与生命之美必然战胜世间一切假恶丑的崇高境界。父亲正是以他对永恒之美的追求跨越了生命界限，实现了他生命的终极价值。可以说，父亲从他所翻译的诗歌中获得了灵感和力量，他的灵魂与原作的精神达到了高度的契合，而他的翻译也同时赋予了这些诗作以新的生命，让它们在我们这个古老的东方国度焕发出不灭的璀璨异彩。

一

早在 20 世纪 40 年代，父亲就开始了诗歌翻译的历程。他未曾读过英文专业，对英语的兴趣源自他对英语诗歌的热衷。按他的说法："还没有学语法，就先学背英语诗歌。"那个时期，背诵、研读英语诗歌给他带来无尽的乐趣。太平洋战争爆发后，日本人进入上海英法租界，很多英美侨民被抓，他们家中的藏书流入旧书市场，父亲便常常去旧书市场"淘"原版书，英语诗歌作品成为他淘书的一大目标。惠特曼、莎士比亚、斯蒂文森的诗集便是他在旧书摊或旧书店中所获。

1940 年，父亲完成了他人生中第一首英语诗歌的翻译，那是英国诗人斯蒂文森的《安魂诗》，他用了五言和七言的旧体诗形式进行翻译。虽然这首译作当时并未发表，但他此时的翻译却带给他信心，开启了他诗歌翻译的道路。1941 年，父亲在上海的《中美日报》副刊《集纳》上发表了第一首译诗：美国诗人爱伦·坡的《安娜贝儿·俪》。1946 年，他开始给上海的《文汇报》副刊《笔会》和《大公报》副刊《星期文艺》等报刊投稿，发表了他翻译的莎士比亚、彭斯、雪莱、惠特曼、里尔克、波德莱尔、普希金等多位诗人的作品。1948年11月，父亲在家人和友人的资助下自费出版了他的首部英诗汉译诗集——美国诗人惠特曼的《鼓声》。惠特曼是美国19世纪的大诗人，开创了美国的诗歌传统。《鼓声》中收入的52首诗作均为惠特曼在美国南北战争时期创作的诗篇。他在诗作中歌赞了林肯和他领导的北方军的胜利。这些诗作充满激昂而自由的格调，有一种豪放、洒脱的气质。那时的父亲风华正茂，极富朝气，一心向往自由和民主，惠特曼的正义与热情是与他当时的精神气质相呼应的。而出版惠特曼的《鼓声》，则是考虑到当时国内政治形势的需要。他原本打算出版自己的诗集，但这些诗篇中的所谓"小资情调"被朋友们认为不合当时的革命形势，于是他改变主意，出版了《鼓声》。他用惠特曼诗中所歌咏的北方喻指延安和西柏坡，南方喻指国民党南京政府。其中的政治寓意是隐晦的，但感情十分真诚。

惠特曼首创英语自由体诗，不讲究用韵，但并非没有节奏，且它的语言往往如汹涌的波涛，滚滚向前。父亲的翻译主要采用直译的方式，力求在诗句的气韵和节奏上体现原诗的风貌，语言自由洒脱、奔涌流泻。请看下面的诗句：

我们是两朵云，在上午也在下午，高高地追逐着；

我们是互相混合着的海洋——我们是那些快活的波浪

中的两个，相互在身上滚转而过，又相互濡湿；

我们是大气，透明的，能容受的，可透过的，不可透过的；

我们是雪、雨、寒冷、黑暗——我们是地母的各种产物和感召；

我们周游而又周游，最后我们回到家里——我们两个；

我们已经离开了一切，除了自由，一切，除了我们自己的喜悦。

这是《我们两个——我们被愚弄了多久》一诗中最后的诗行。诗人歌咏了与世界、自然和万物合为一体的自我，有一种清新、洒脱、自由的精神。不受格律限制的自由诗的形式与诗中表达的内容是相融合的。译诗保留了原诗的句子和语势，语句时而简洁短促，令人感到轻松活泼；时而冗长松散，带有悠然自在之气。

1943 年底，父亲从上海旧书店"古今书店"的年轻店主，后来成为他挚友的麦杆手中，获得了一本他非常喜爱的《莎士比亚十四行诗集》的英文原版书，这使得他后来翻译莎士比亚十四行诗的愿望得以实现。这本由夏洛蒂·斯托普斯编注的《莎士比亚十四行诗集》制作精美而小巧，注释详尽，由伦敦德拉莫尔出版社于 1904 年出版。父亲得到此书如获至宝。20 世纪 40 年代中期，他开始翻译这本《莎士比亚十四行诗集》。父亲说："一开始翻译，就为这些十四行诗的艺术所征服。"但莎士比亚生活的年代是在 16 世纪末、17 世纪初，那时的英语与现代英语仍有很多不同，翻译起来有不少语言上的困难。父亲找来其他注释本进行查阅比对，如克雷格编的牛津版《莎士比亚全集》一卷本（1926）。他还曾经写信求教于当时复旦大学的葛传椝教授，并得到他的指点。1948年《鼓声》出版时，莎士比亚十四行诗已经被翻译出了大部分。随着当时政治形势的发展，这部诗集的翻译工作停了下来。解放后，西方的作家作品被认为是资产阶级的文艺，不宜出版。直到1950年3月，父亲在一次登门向胡风先生约稿时被胡风先生问及现在正在做什么，父亲答曰，在翻译莎士比亚十四行诗，胡风先生说莎士比亚的诗是影响人类灵魂的，对今天和明天的读者都有用。胡风先生的话对父亲是巨大的鼓励，促使他译完了余下的全部诗稿。当年11月，中国第一部完整的《莎士比亚十四行诗集》由上海文化工作社出版。书中在每首十四行诗之后附有较详尽的译解，受到冯至先生的称赞。该译本在"文革"前多次再版。1964年，这个译本经全面修订之后给了上海文艺出版社（上海译文出版社前身），但未及出版，"文革"便开始了。"文革"期间，该译本以手抄本的形式在民间流传，很多人能够将其中的诗篇背诵出来。改革开放之后，上海译文出版社找到了这本莎翁十四行诗修订稿的原稿，经父亲再一次修订之后于1981年出版。此后，屠译《莎士比亚十四行诗集》又不断再版，形式也更加多样，有英汉对照版、插图版、线装版、手迹版等，累计印数达50余万册，成为名副其实的经典常销书，在读者中产生了广泛影响。

莎士比亚十四行诗与惠特曼的诗风完全不同，那是一种类似中国古典格律诗的英语格律体诗歌，共十四行，有严格的韵式和韵律。

父亲的翻译采用了卞之琳先生提出的"以顿代步，韵式依原诗""亦步亦趋"的原则。这里的"顿"指的是以汉语的二字组或三字组构成的汉语的自然节奏，"步"指的是英语诗歌中的"音步"。早在20世纪20年代，闻一多先生在探讨汉语新诗时提出了汉语节奏上的"音尺"概念，后来孙大雨先生又提出了"音组"。卞之琳先生将他们的概念发展了，提出用汉语的"顿"来代替英语诗歌中的"音步"，即"以顿代步"。他还提出了在翻译中要依原诗的韵式进行等行翻译，形成了完整的英语格律诗翻译原则。父亲对此非常认同，他曾与卞先生探讨"以顿代步"的翻译方法，并在其诗歌翻译中不遗余力地进行实践。请看十四行诗第 18 首的前两行：

Shall I ／ compare ／ thee to ／ a su ／ mmer's day？

Thou art ／ more love ／ ly and ／ more tem ／ perate.

译文为：

我能否／把你／比作／夏季的／一天？

你可是／更加／可爱／更加／温婉。

英语十四行诗中一行有五个音步，这里用斜杠画出，每个音步中包含一轻一重两个音节，译文每行也分为五顿，准确地传达出原诗的节奏和韵律。在韵式方面，译诗也严格按照原诗 ababcdcdefefgg

的韵式进行翻译，以求全面表现原诗在形式上的风貌。这样的翻译在一些人看来或许过于苛求，会导致为了形式而削弱诗的神韵。而父亲的翻译能够较为灵活地运用汉语，在形式上做到与原诗契合的同时，亦十分注重译文的通顺和意思的明晰，在选词上也尽量在意境上贴合原诗的神韵。在父亲看来，译诗要达到与原诗在精神上的契合必须做到形神兼备，尽量做到在形式和内容上与原作统一。这样的翻译原则为国内不少成功的译家所采纳，比如杨德豫先生、黄杲炘先生等。卞之琳先生在他的文章中认为，父亲的翻译和杨德豫先生、飞白先生的翻译标志着"译诗艺术的成年"。

二

"文革"期间，父亲的翻译工作停滞了。直至改革开放的春风吹来，父亲的诗歌创作和诗歌翻译又开始焕发出新的活力。自 20 世纪 80 年代直至父亲远行，他先后完成了《济慈诗选》《英国历代诗歌选（上、下册）》《一个孩子的诗园》《我知道他存在——狄金森诗选》《莎士比亚诗歌全编》等译作，为中国的英语诗歌汉译增添了缤纷的异彩。

父亲与英国诗人济慈的最初结缘也是在 20 世纪 40 年代。他那时非常喜欢济慈的诗作，百读不厌，很多诗都能背出。当时他还翻译过《夜莺颂》，但可惜的是，译稿早已丢失。之所以对济慈的诗作情有独钟，是因为他和济慈都在 22 岁的年纪得了肺病，济慈因病在 25 岁早逝，而父亲也认为，当时治疗肺病没有特效药，自己恐怕也会有济慈那样不幸的命运。更为重要的是，他在思想和精神上与济慈有相近之处，那就是他们都崇尚美，要用美来对抗丑。因而，他时常"把济慈当作异国异代的冥中知己，好像超越了时空在生命和诗情上相遇"。"文革"期间父亲被下放五七干校，在精神压抑和思想苦闷时他就默默背诵济慈的诗篇，这成为他缓解精神压力的途径，使得他苦闷的情绪得到缓解。可以说，济慈的诗成为他那时的精神依托。改革开放之后，父亲又开始陆续翻译济慈的诗篇。1997—2000 年，他用了三年的时间，完成了《济慈诗选》的翻译，了却了他一生的心愿。济慈的诗有多种体裁，要将这些不同体裁的诗作全部依原诗的形式进行翻译是需要极大功力的。比如，济慈的六大颂诗语言结构复杂，韵式变化多端，意象繁复而意境悠远。要将这样的诗篇以准确而畅达的语言译出，非得有深厚的英汉语言文化底蕴不可，而父亲的翻译则读来清新自然，全无生涩拗口之感，又兼有原诗的雅致与温润。请看《秋颂》的前几行：

雾霭的季节，果实圆熟的时令，
你跟催熟万类的太阳是密友；
同他合谋着怎样使藤蔓有幸
挂住累累果实绕茅檐攀走；
让苹果压弯农家苔绿的果树，
教每只水果都打心子里熟透。

平实自然的语言将秋天丰润的气息、诗人平和旷达的心态传达殆尽。该译本收入了济慈所有重要的诗篇，在当时和现在都是国内收入济慈诗篇最全的译本。在翻译的质量方面，该译著也得到了读者和翻译界的充分肯定，于 2001 年获得鲁迅文学奖翻译奖。

父亲在 20 世纪 40 年代除了翻译惠特曼和莎士比亚的诗作之外，还翻译了大量其他英语诗歌，尤其是英国诗歌，总共有四大本。但这些诗作一直未得出版的机会。"文革"中这些诗作在抄家时被抄走，父亲原以为这些凝结着他早年心血的译稿从此一去不返了。值得庆幸的是，这些诗稿经历了多年的磨难之后被退还给父亲。他欣喜若狂，开始考虑重新修订这些诗作，并将各个时期的英国诗歌补充完整。2001 年，我去英国诺丁汉大学访学，父亲嘱咐我关注英国诗歌的情况，并协助他收集有关英国历代诗人和诗歌的资料。我受父亲嘱托，尽我所能收集相关资料，在以前较少受国内学界和译界关注的女性诗歌、非传统主流诗歌、现当代诗歌和经典诗歌的近期动向等方面，替父亲找到一些资料。2001 年，我陪同父亲在欧洲游历期间，父亲也曾和我一起去诺丁汉大学的图书馆查阅资料。他得到这些资料之后即刻着手进行翻译。2007 年，父亲翻译的《英国历代诗歌选（上、下册）》由译林出版社出版。该诗集共收入 155 位诗人的 583 首诗作，上启英国中世纪民谣，下至英国 20 世纪晚期诗歌，收入英国诗歌篇目之多，涵盖英国各个时期诗作之全，选篇角度之丰富，可以说在国内各家英国诗歌选本中是首屈一指的。而这两卷本的《英国历代诗歌选》是父亲凭一己之力，历经半个多世纪的艰辛独自完成的。这些诗中的大部分从 20 世纪 40 年代起就陪伴着他，真可谓历尽风雨和磨难。在他编译这部煌煌译著的后期，我参与到书的编译工作中，直接见证了父亲对诗歌翻译的巨大热情和孜孜不倦、认真细致的态度。

20 世纪 80 年代初，母亲刚刚退休，又因病做了手术在家休养。父亲为了让母亲能在闲暇时精神有所寄托，便和母亲商量做一些力所能及的诗歌翻译工作。母亲也是诗歌爱好者，两人商量之后决定将斯蒂文森的《一个孩子的诗园》翻译成汉语。父亲初识《一个孩子的诗园》是在上海"孤岛"时期。有一天，他在旧书店见到这本英文版的洋装书，倾囊购得，爱不释手。诗中孩子天真而充满童趣的幻想和纯洁无瑕的美好情谊，使他与之产生了强烈的共鸣。从那时起，这本儿童诗就深深地印刻在他的脑海中。父亲一生对子女、对孩子倾注了无限的爱。他崇尚华兹华斯所说的"儿童乃是成人的父亲"，直至老年还保有一颗纯质的童心。此次幸得与母亲共同翻译这本诗集的机会，父亲每日下班回来都兴致盎然地修改母亲在日间译得的初稿。对孩子的爱、对诗歌的情，使他们每晚在一起度过了最为快乐的时光。这本诗集于 1982 年由人民文学出版社出版之后，父亲又陆续编译出版了《英美儿童诗一百首》《著名英美少儿诗选（六卷本）》等多部儿童诗集。

20 世纪 90 年代，方平先生主编《新莎士比亚全集》，他邀请父亲翻译其中的莎士比亚剧作《约翰王》和除《莎士比亚十四行诗集》《维纳斯与阿多尼》之外的其他莎士比亚诗作。《约翰王》由父亲独自完成，而莎士比亚的诗篇，父亲要我与他合作进行翻译，我翻译初稿，他来修改定稿。我珍惜这次难得的译诗机会。那时孩子刚刚出生，我就在孩子熟睡之后挑灯夜战。每周去看望父亲时就将这周翻译好的诗稿交给他，由他来进行修改和定稿。我译的初稿往往被父亲改得面目全非，不成样子。我惭愧不已，父亲却全然没有不满和失望，总是鼓励我继续译下去。就这样，经过近一年的努力，我们终于完成了译稿的任务。而就在我们这次合作翻译之后，父亲的心头又多了一个念想：将莎士比亚的诗歌全部翻译出来，将来出版莎翁诗全集。这个愿望在2016年得以实现。2015年，北方文艺出版社来向父亲约稿，父亲提出可出版莎士比亚诗全集，得到出版社的大力支持。当时，只差《维纳斯与阿多尼》一部长篇叙事诗未翻译出来。父亲提出，此次仍由我来翻译初稿。这时的父亲已经近93岁高龄，但他仍然兴致勃勃地为我修改审定译稿。译稿最终获得父亲的肯定，使我一颗悬着的心落了地。2016年，《莎士比亚诗歌全编（上、下卷）》由北方文艺出版社出版，完成了父亲晚年的一个心愿。

狄金森是与惠特曼齐名的美国诗人，但她的诗玄妙而晦涩，时而空灵俊秀，时而隐晦神秘，很多诗作至今读来仍如未解之谜。2013年，中央编译出版社约父亲翻译美国19世纪女诗人狄金森的诗歌。父亲答应了，并要我来翻译。我们经过第一次翻译感到有些问题尚未解决，译稿不尽如人意。于是我们又在第一次译稿完成之后，进行了第二次全面修改和校订。其间，父亲的兴头始终未减。60多年前，他翻译出版了美国 19 世纪大诗人惠特曼的诗集，如今我们又一起翻译出版了另一位美国 19 世纪重要诗人狄金森的诗集，我能感觉到，父亲心中是感到欣慰的。

三

对于翻译，父亲崇奉的是严复的"信、达、雅"三原则。而在这三项原则中，他认为"信"是中心，是第一要义，"达"和"雅"是两个侧面。"信"就是要忠实于原作的内容和精神；"达"就是要通顺、畅达，使读者能听懂、看懂；而"雅"指的是要在译作中体现原作的艺术风貌。没有"信"就谈不上"达""雅"，不"达"、不"雅"也就说不上"信"，因而，他主张全面求"信"，这是他总的翻译原则。

那么，怎样才能做到忠实于原作呢？父亲认为，在翻译时首先要准确、深入、全面地理解原文，探入原作的内里，如形象、情感、意境、气质、语调等，去把握原作的精神。在翻译过程中要对原作做一些分析研究，以便更好地了解原作。因而，父亲在每次翻译之后，译者序、译后记以及一些随翻译而写出的论文也就应运而生了。其次，他主张用通晓、畅达的现代汉语将原诗的内容和意境表现出来，同时注意吸收古典文言文和民歌方面的有益之处，将其化入自然的口语中。虽然他并不反对运用文言文或其他语言形式（如元散曲）来翻译外国诗歌，但他认为那样的语言过于"归化"，与原作的异域精神气质并不相合。他翻译的诗作大多语言自然晓畅，又不乏典雅含蓄之美。在译者方面，父亲借用了济慈的"客体感受力"这一诗歌创作美学概念来阐释译者与原作者的关系。"客体感受力"的英文原文是 negative capability，直译的话应该是"反面的能力"或"消极的能力"。而父亲认为，济慈所说的这个能力，是指诗人应该有一种把自己原有的一切抛开，全身心地投入他所吟咏的对象中去的能力，以此形成物我合一的状态来进入诗歌的创作实践。因而，他将这个术语译作"客体感受力"，并将这一诗歌创作美学创造性地运用到诗歌翻译当中，提出译者在翻译的过程中要处于"忘我"的状态，抛弃原有的思维定势，全身心沉浸到原作者的情绪和精神中去，感受原作者的一切，与他的灵魂相拥相抱。只有这样，译者的翻译才能把原作的精神实质用另一种语言传达出来。同时，要把原作的内容和精神传达出来，就要在诗歌的形式方面做到尽量忠实于原作，因为"信"必须体现在内容与形式的结合上。英语诗歌有多种形式和体裁，父亲在翻译时采用的是以汉语新格律诗译外国格律诗，以汉语自由诗译外国自由诗的策略。

父亲翻译的英语诗歌形式多样而富于变化。收入本译文集的诗篇仅在《济慈诗选》一册中就出现了颂诗、十四行诗、叙事诗、民谣、长篇故事诗等不同的体裁，而父亲的翻译无不依循原诗的格律和形式，同时又在此基础上对不同体裁和风格的诗作作灵活处理。19 世纪中后期的英语诗歌逐渐走出了传统的格律形式，出现了自由体诗。现当代诗歌在形式方面则更为灵活多变，内容也比传统英语诗歌更为复杂、难解和隐晦。收入本套译文集的还专门有儿童诗一册，其中的诗篇大多充满天真的童趣，音韵节奏活泼灵动，适合儿童的口吻和心理，也适宜于儿童朗读。在处理这些不同形式和风格的作品时，父亲亦能应对自如，在翻译中尽可能做到与原作达到形式和气质风格方面的双重契合。在翻译儿童诗时，他十分注重儿童的心理和语言表达口吻，比如，将"Independence"（意思为"独立"）译为"谁也管不着"；把"Escape at Bedtime"译为"该睡的时候溜了"，一个"溜"字，把孩子的心情表达得极为生动，活灵活现。

诗歌翻译永远是留有遗憾的艺术，但父亲总是尽力将这种遗憾减少到最小。译作出版之后，只要有再版的机会，他总要对译作进行不断改进。《莎士比亚十四行诗集》就经过了大大小小数次修改。在父亲看来，翻译工作永无止境。他不仅多次修改自己的译作，绝不放过任何可能的错误，而且热情扶持年轻的译者，对他们的翻译提出意见和建议，甚至亲自为他们修改译稿。对于各种不同的翻译方法和翻译路径，他认为只要译者态度是认真严肃的，他就予以接纳，他的心态是开放而宽容的。

父亲做诗歌翻译大多出于兴趣，年轻的时候尤其如此，但后来他感到了肩负的使命，这种使命感到了晚年愈加强烈。近年来，他多次为翻译工作进行呼吁，在很多场合提出翻译对推进人类文明，对促进各国之间的文化交流，对丰富甚至建构本民族的文化具有重要意义：没有翻译，我们就永远不会认识但丁、莎士比亚、塞万提斯……西方就永远不会知道中国的屈原、陶渊明、李白、杜甫……没有翻译就没有人类的文化交流和沟通，那样，各民族的文化就会被封闭在黑暗之中。因此，翻译成为人类文明进程中不可或缺的一个重要元素。这样的信念支撑着父亲走过了70多年的翻译生涯，从20世纪40年代到父亲远行，他的生命中始终有翻译陪伴。他将济慈诗中夜莺的歌声带给了我们，带给了这个世界，夜莺也将载着他去往那永恒的美的世界，让他与他钟爱的诗歌，与他的冥中知己永远不离不弃。

本套译文集收入了父亲20世纪40年代以来翻译的诗歌作品，以及莎士比亚的剧作《约翰王》。为了统一全套书的体例，原《鼓声》中的诗篇收入《美国诗选》中，其中的五幅插图和封面木刻及社标图因体例原因忍痛割爱。《英美儿童诗选》中除《一个孩子的诗园》之外的其他诗作此次为首次面世。父亲在20世纪40年代发表的其他语种的诗歌翻译作品，以及他将中文诗歌作品译成英文的译作，未收入本套译文集中。此外，父亲在20世纪50年代还翻译出版过的《诗歌工作在苏联》、南斯拉夫剧作家努希奇的《大臣夫人》等，也未收入本套译文集中。

感谢北方文艺出版社对出版本套译文集的全力支持！2017年7月，当父亲和我表达出想编辑出版这部译文集时，北方文艺出版社即刻做出决定，表示同意出版，并派出了编辑着手开展工作，他们为此套译文集的出版付出了大量心血。在此，我们对宋玉成社长、王爽、王丽华等编辑表示衷心感谢！父亲生前已经确定本套译文集的编目和编辑体例，但他未及见到书的出版便离开了我们！现在，我们终于可以告慰他的在天之灵！

章　燕

2019 年 1 月 25 日

目　录

孩子一个人

花园里的日子

使　者

一个孩子的诗集

说　明

　　本书收入了《一个孩子的诗园》和《一个孩子的诗集》两部诗集。《一个孩子的诗园》由英国作家斯蒂文森著，屠岸、方谷绣译，于1982年在人民文学出版社出版。《一个孩子的诗集》英文原著由斯特林出版有限公司于1969年首次出版，2007年再版，由屠岸和章燕合译。书中收入了200首脍炙人口的儿童诗，其中包括布莱克、朗费罗、狄金森、斯蒂文森、克里斯蒂娜·罗塞蒂、尤金·费尔德等诗人的著名儿童诗作品，另有格言、幽默诗、打油诗、摇篮曲、民谣等等。这里的中文译文除"存目"的诗篇外均为首次发表。

一个孩子的诗园

译者序

在 20 世纪 40 年代初期，还是"孤岛"的上海，有许多旧书摊和旧书铺。我是爱"掏"旧书的青年。几乎我所有的零花钱，都用在"掏"旧书上了。有一次，在一家旧书店里见到了一本斯蒂文森的英文诗集《一个孩子的诗园》，爱不释手，倾囊购归。这是一本薄薄的洋装书，暗绿色的封面和封底，已经很陈旧，一翻开来，里面的书页呈淡黄色，还有一种不太好闻的霉味。但当我细读其中的诗时，我被深深地吸引住了。

首先抓住我的是那首《被子的大地》。这首诗所描写的恰好是我自己也曾经有过的经历。一种极其亲切的回忆被唤醒了。

当我还是个初小学生的时候，有一次生病，躺在床上。我清晰地记得，我整日凝望着窗外蓝天上的白云，仔细地观察云的变化。我竟能够逐渐地发现，那朵白云像一只羊。但，那羊会慢慢地变化，一会儿变成一只狮子。过一会儿，又会变成一只孔雀。真奇妙啊！但是天阴了，白云不见了，老虎和鸵鸟也不见了。于是我看天花板，天花板上的水渍。我看着看着，忽然发现，那水渍的轮廓，恰好是一个老公公的头，水渍的延伸部分正是老公公的胡须。水渍是不会动的，不像白云那样会变化。因此它永远是老公公。然而，奇迹出现了。怎么一下子，那同一个水渍，又会呈现出另一种形状，成了一棵树，那胡须是树的一根枝杈呢？似乎是眼花了，这棵树又变成了老人。老人和树成了叠影。……不久，天花板看厌了。我半躺在床上，看着我身上盖的被子，看着看着，我又发现了新的领域。那白色的被子拱起的部分，不是山吗？那凹陷的部分，不是谷吗？被子有起有伏，有皱褶，有舒展，那不是连绵不断的山谷、树林和平原吗？为了使这个幻觉固定住，我不敢动一动，怕一动就把这整个幻象破坏了。但是，过了一阵，我忽然猛一翻身，让那些山峦和原野来一个天翻地覆。我心里想：这是一次大地震！地震过去了，大地恢复了平静，在我的面前又出现了经过重新安排的山、谷、河流……

　　我从回忆中醒来，再读斯蒂文森的这些诗句：

　　　　有时候，用一个钟头光景，

　　　　我瞧着铅制的兵丁行军，

　　　　他们穿着不同的军服，

　　　　操练在被褥铺成的山林。

　　　　有时候，我让我的舰队

　　　　在床单的海洋上破浪行驶，

要不，把树木和房屋搬开，

在床上筑起一座座城市。

　　我感到，他的诗所描写的同我的经历有惊人的相似处，但他以铿锵的韵律把这种经历诗化了。而且，他最后这样描述自己：

我是个伟大的严肃的巨灵，

在枕头叠成的山上坐镇，

凝视着前面的山谷和平原，

做有趣的被子大地的主人。

　　他把自己也融入到他的幻想世界里，成了被子世界里的巨人和主宰者。这样，他的诗又通过对儿童心理的描写在诗的构思上升到一个新的高度。

　　总之，当时吸引我的第一首就是这《被子的大地》。直到今天，我还记忆犹新。由于这一首的引诱，我贪婪地阅读着他的整个诗集。我记得，我谈到了许多描写这种类似的经历而又互不雷同的诗篇。我记得有这样的诗：他写他和另外两个孩子，一共三个孩子，坐在一只篮子里，摇摇晃晃的，他们把篮子当船，在草地的海洋上航行，而草波就是海浪，花园就是海滩，园门就是港口。他把他们自己幻想成海盗，到外洋去冒险，忽然遇到一群牛冲过来，他把这群牛当作进攻的军舰，他们的海盗船只好慌忙躲避开。（《海盗的故事》）我记得有这样的诗：他写他把自己的卧室和卧室里的沙发、墙壁、地板想象成小山、森林、大河、大海，把自己想象成印度童子军，带着枪去搜索敌情……而这一切都是因为他看了故事书而产生的幻觉。（《故事书的国土》）还记得有这样的诗：他写他在一条泉水旁找到一个小小的凹地，他把这当作巨大的山谷；他把小坡当作大山，把水塘当作海洋，他在这儿造了一条船，盖了一座城。他的儿童的眼睛把这里的一切都放大了，这个小天地成了他的一座王国。这是一个缩小了的微型王国。（《我的王国》）还记得有这样的诗：他写他闭上眼睛，让幻想张开翅膀去驰骋，他终于到了一个仙境乐土，那是个小人国，在那里，三叶草成了大树，小雨塘成了大海，一片片草叶成了船队，各种小生灵、昆虫、花草，成了他的朋友……（《小人国》）而当他一旦回到现实世界里，他发现："我的保姆成了巨人，那房屋又多么冷多么大！"或者发现："广阔的地板，高大的粉墙，巨形的把手在抽屉和门上；巨人般的大人们在椅子上稳坐……"当孩子从幻想的微型国度里回到现实中的时候，他眼中的现实世界会突然变得怎样的巨大而冷漠！不仅房屋变得巨大，地板变得广阔，大人们成了巨人，连抽屉和门上的把手也变成"巨形的"。这些描写十分精细而又富有特征性，十分准确地体现了儿童所特有的心理反应。在一首叫作《历史的交流》的诗里，写孩子把庭园的土地当作大海，当作沙滩，当作阿拉伯国家的大地，当作冰天雪地的西伯利亚，当作《一千零一夜》故事中讲到的地方，当作十四世纪苏格兰解放者罗伯特·布鲁斯战斗过的地方，或者十三世纪瑞士反抗奥地利残暴统治的自由战士威廉·退尔战斗过的地方，而这个孩子就曾在幻想的战场上同罗伯特·布鲁斯、威廉·退尔并肩战斗过。这首诗把儿童的游戏同历史上的英雄人物巧妙地联系了起来。这是又一种典型的对儿童心理的细致刻画。这些诗当时就给我留下了深刻的印象。

还有一首诗，题目叫《炉火里的军队》，写孩子从室内壁炉的火光中见到的幻象。这也引起了我的回忆。我小时候家里用的是砖砌的土灶。做晚饭的时候，我最喜欢坐在灶膛后面的小凳上，偎在妈妈的身旁，帮助妈妈续柴——稻草和豆萁。一把稻草添到火上，火立即烧旺，一蓬红色火焰飞腾，但很快就暗淡下去；一把豆萁添到火上，火不会立即旺起来，但随着毕毕剥剥的声响，火逐渐旺起来，可以燃烧很长一段时间。有时候，一大把稻草加上去，把火压灭了，于是用拨火的铁棍捅几下，把闷燃着余烬的柴禾掀起来，留出一个窟窿，一会儿，"砰"一声响，火焰窜了上来，灶膛里又是一片兴旺的火。有一回，我看见妈妈的脸庞被跳动的灶火映得那么红，那么亮，那么美丽！妈妈把我搂在胸前，指着灶火说："看，那是赤发鬼！"我问："赤发鬼是什么？"妈妈说："你自己看。"我向灶膛里看，只见那火苗耸动着，跳跃着，好像一个披着红色头发的精灵在挣扎，在呼喊，在舞蹈，在歌唱……妈妈说："赤发鬼每天一面跳舞一面干活，为我们把米煮成饭，把山芋烤熟……是我们的好朋友！"我说："赤发鬼还干了一件事。"妈妈问："什么事？"我说："在你脸上搽胭脂，把你打扮得那么好看！"

斯蒂文森的诗里，有着同样奇异的想象：

> 红光重新在炉火中跳跃，
>
> 幻象的城市又燃烧得欢闹；
>
> 沿着火红的山谷啊，看！
>
> 幻象的军队在齐步向前！

这里没有"赤发鬼"，却有更多的形像：一座火城，有城楼，有高塔，有大街，此外还有火的山，火的谷，更有一支火焰的军队，他们正在向前行进，行进……这是一个西方孩子的眼睛从壁炉的火光中所能看到的最奇丽、最辉煌的景像！我这个东方孩子在灶膛里所见到的幻像似乎通过西方方式（壁炉也是西式建筑物里才有的）得到了诗的表现。当我发现这一点时，我是多么惊喜！

我还记得当我读《该睡的时候溜了》一诗时的感受。这首诗触发了我的另一些记忆。我记得我幼小的时候最不爱睡午觉，可是我妈妈非得每天要我睡午觉不可。到时候，我就逃跑，而妈妈像母鸡追小鸡那样，把我捉住，抱上床去。在被窝里，我一点睡意也没有，就这样一挨挨一个钟头。妈妈说这叫"捉住老鸦做巢"。我也不懂这是什么意思。可是有一次，在一个夏天的夜晚，在天井里纳凉，妈妈却不催我上床睡觉，而给我讲天上的故事，讲后羿和嫦娥，讲牛郎和织女，讲王母娘娘的银钗，讲波浪滔滔的天河，我躺在竹床上，一面听妈妈讲，一面凝望着夏夜的星空。我看到竹床旁边小茶几上有两三只海碗，里面盛着茶水，天上的星星映在海碗里。茶水微微抖动时，那星空也在摇晃。我又看天上，那些星星也在抖动，不，是在映眼睛。我看见妈妈的眼睛，在月光的照映下，也像两颗星星，那是地上的星星，我们家小院子里的星星。夜已经很深了，妈妈却仍不叫我进屋去睡觉，她在吟唱着一首什么诗，好像是什么"海上生明月，天涯共此时，情人怨遥夜，竟夕起相思……"我听着她这催眠曲般的吟咏，竟在她的怀里睡着了。

《该睡的时候溜了》写孩子在夜晚仰望星空时所见到的，那是"几百万，几千万，几万万颗星星／高高地旋转在我的头顶上"，那是"天狼星，北斗星，猎户星，火星／指引水手们航海的星……／在天上闪烁"，而那"墙边的水桶里，装了半桶清水和星星"……直到——

> 大人们看到我，边喊边追我，
> 马上把我抱上了床；
> 灿烂的光啊，还在我眼前闪烁，
> 星星们，还在我头上游荡。

这是孩子初次见到一个新奇的星星世界时所可能有的感受。他被强迫上床睡觉，但灿烂的星空在他脑子里的新鲜印象始终不能褪去。这与我在那个夏夜里的经历有异有同，所以我读这首诗时立即想起了那个难忘的夏夜。读诗的印象和诗意的回顾重叠了起来，在我记忆的长廊里增添了新的记录。这首诗的儿童情趣和它的形象美、音乐美结合在一起，成为我贫乏的记忆仓库里少数几首难忘的儿童诗之一。

40年代中期以后，我读诗的兴趣转移到其他诗人身上。斯蒂文森的儿童诗集不再是我经常翻阅的书了。

但是，在全国解放之后第四年我从上海被调动到北京工作的时候，我还是把这本诗集和其他许多外文书籍放在一只大木箱里，带到了北京。

50年代初期，我有了自己的第一个孩子：我的大女儿。我成为父亲。我也成为邻居孩子的叔叔。作为成人，我每天接触孩子，而且发现孩子。有一次，在一个夏天的傍晚，我的女儿（那时她大概四五岁）忽然问我，为什么不等天黑就吃晚饭？我反问她，为什么要等天黑了才吃晚饭？她说，在冬天，咱们都是天黑了才吃晚饭的呀！我于是感到，冬夏白天和黑夜时间的长短变化，开始在这个孩子的脑子里有了一点反映。我模糊地记起，斯蒂文森的儿童诗集里有一首反映类似问题的诗。孩子的发问引起了我重读一下《一个孩子的诗园》的愿望。于是我从书柜里把那本旧书找了出来。书虽然旧，虽然仍有那一股不太好闻的霉味，但书页还是那种柔和的淡黄色，似乎也没有变得更陈旧。原来，我要找的就是这本诗集的第一首诗：《夏天在床上》。这诗的第一节是这样的：

冬天，我在黑夜起床，

借着黄黄的蜡烛光穿衣裳。

夏天，事情变了样，

还在白天，我就得上床。

接着这诗中第一人称的孩子说，鸟儿还在树上跳，大人们还在街上跑，天光还那么明亮，可是我为什么非得上床不可！北半球上冬季昼短夜长，夏季相反，纬度越高的地方昼越短夜越长。夏季相反，这是自然现象。这种自然现象影响孩子的日常生活，在孩子的心目中这是一件挺古怪的事，也是挺有趣的事，只是夏天要早上床（其实并不早）他不太乐意，他还想多玩一会儿呢！这种日常生活中的一个片段，被善于捕捉儿童心理的诗人抓住，并予以诗化了。

过了十年左右之后，在同自己的孩子和邻居的孩子接触的过程中重读这本诗集，又觉得增添了新的兴味。我仿佛又看到了一个孩子心目中的世界，或者说，我仿佛通过一个孩子的眼睛去重新观察了、感受了这个世界。孩子从起床和上床时天光的明暗朦胧地感受到冬夏昼夜的变化；孩子又更进一步从初级地理知识书中了解到东半球和西半球昼夜的交替。"这儿，在晴朗的日子／我们在向阳花园里游戏／在印度，每个爱睡的孩子／被大人亲着脸抱上床去。""在傍晚，我喝完茶／大西洋那边刚天亮；／所有西方的小娃娃／正在起身穿衣裳。"（《太阳的旅行》）这里不是复述一个简单的自然现象。在这个孩子看来，他在游戏，印度孩子却要去睡觉；他在喝茶，西方（英国的西方，应当是美洲）孩子却正在起床，这是多么多么有趣的事啊！而这首诗的整个调子，则是诗中的小主人公对世界各地孩子们怀着亲切友好的感情。孩子的界限在逐渐地扩大。是的，他要到世界各地去漫游。比如，在别的诗里，他漫游到鲁滨逊栖息的海岛，到矗立着清真寺的阿拉伯城镇，到万里长城环抱着的中国，到非洲森林，到尼罗河畔，埃及古城的遗址……（《漫游》）而这一切都只是他的想象，这个孩子生活在他想象的世界里。他不仅想到了世界上的各个不同的地方，而且想到了世界上许多不同国度里的孩子们。他想到了印度孩子，印第安孩子，日本孩子，土耳其孩子，北极的爱斯基摩孩子，想到他们见过这个英国孩子从没见过的树木，吃过这个英国孩子从没吃过的食物，他对他们仍然是怀着友好的感情——虽然这个第一人称的英国孩子似乎怀着一种不自觉的白种人的优越感。（《外国孩子》）孩子可以根据他从书本上得到的知识飞驰他的想象，也可以从日常生活的经历中不断更新他的感觉。普普通通的黑夜和白天的更递已经重复了不知多少次，但这个孩子却从中看到了奇特的景象：

> 花园重新呈现出来，
> 涂满碧绿鲜红的色彩，
> 正如昨晚花园在窗外
> 消失了一样奇怪！

昨晚，花园像一个玩具，

被锁了起来，再看不见，

现在我看见花园

在晴空下，光辉灿烂。

在这个孩子眼里，这个陈旧、古老的世界是多么年轻，新鲜，多么生气勃勃！孩子的眼睛看到了花园里的每一丛玫瑰，每一块草地，每一条小道，每一棵勿忘我草——这勿忘我草抱着露珠在自己的怀里安眠，好像勿忘我草是露珠的妈妈，这也是孩子特有的思维方式——然后他说，这些小路、花儿、草儿——

他们都在嚷："起来吧！

白天来到了含笑的山谷，

游伴们，参加我们的行列吧，

我们已经打起了晨鼓！"

这是向黎明的进行曲，这是幼小心灵的欢乐与喜悦的音乐，这是清新嘹亮的天籁，这是另一首"天真之歌"。当我在星期日的早晨，搀着女儿，在朝阳门外芳草地，迎着朝阳，踏着露珠，在野草上奔跑的时候，我的耳畔就响起了斯蒂文森笔下的"晨鼓"。

有一天，我见到邻居的小男孩学着小猫追捕自己的尾巴，绕着自己的身子转，几乎要晃倒。我把他一把抱住，问他："你干什么？"他瞪着两只眼睛看看我，傻里傻气地说："找我的影子呀！"哦，这个孩子在找自己的影子，可是他的影子在哪里呢？这时正是中午，太阳在头顶上，他哪能找到自己的影子！很快我想起了斯蒂文森的诗《我的影子》。我翻开诗集，找到了这首诗。诗的第二节是这样的：

> 他怎样成长的呢，嘿，那才叫好玩——
> 全不像真正的孩子那样，慢慢地长大；
> 有时候他长得那么高，像皮球，一蹦蹿上天，
> 有时候他缩得这么小，我完全看不到他。

这就是孩子心目中的自己的影子：影子的变长变短，似乎不是太阳的正照和斜照造成的，而是影子自己诙谐性格的表现。诗人继续写道："他呀，只知道捉弄我，跟我开玩笑／他老是紧紧跟着我，真像个胆小鬼，你瞧／我像他跟牢我那样去跟牢保姆可多害臊！"这里，影子有孩子的性格，有孩子的顽皮劲儿。而诗中第一人称的孩子自己的性格、情绪、教养，也同时突现了。更奇的是诗的最后一节：

> 一天早上，非常早，太阳还没有起身，
> 我起来看到露珠在金凤花儿上闪耀；
> 可是我那懒惰的小影子，真贪睡，还不醒，

他在我身后，在家里床上，呼呼地睡觉。

孩子起得非常早，他起身而太阳还没有起身。但接着就写到孩子自己的影子。可见，太阳终于起身了，但还只是刚刚从东方升起，它会使一切事物带一个长长的影子。这时，灿烂的朝阳射到庭院，晨光的喇叭吹响，一切都苏醒了。孩子正站在开启着的门口，欣喜地观看金凤花上的露珠。当他回头看时，他看见阳光射进门户，射到室内，而自己的影子是那么长，一直延伸到自己的床上。哦，这个该死的影子，还在睡觉！而睡懒觉的家伙，在我们的小主人公看来，不是个乖孩子。这时候，影子的顽童形象和第一人称的乖孩子形象，最后完成了。这是一首奇妙的儿童诗。

50 年代读这本诗集的热情，只维持了一个很短的时期，就消退了。

60 年代初，我有了第三个孩子，我的最小的女儿。这是一个十分安静、温顺的孩子。她简直不知道什么叫哭闹，总是一个人静悄悄地玩。她独自玩积木，玩"包"，玩"猪爪骨"，或者，模仿大人读报，但报纸是倒拿着的。后来，会唱简单的歌了，她就一个人低低地唱，唱给自己听。再后来，她学会了或者发明了一种游戏，就是一个人"演戏"。比如，她同时扮演售票员和乘客，或妈妈和女儿，或老爷爷和小孙孙等，有问有答，有动作，但都是她一个人在说，在做。她让幻想的电车或别的什么东西把她带到了天涯海角，而这一切又是进行得那么静悄悄的。我常常听见她在低声地"自说自话"。每遇到这种情况，我就知道，她又生活在她自己创造的幻景里了。她的神情是那么认真，注意力是那么集中，即使大人叫她，她也不应，或者，应一声，仍然继续沉浸在她的"规定情境"里。仿佛，她的魂魄被什么精灵摄去了，或者，什么地方的魔童把她拐跑了。她的这种一个人"演戏"的游戏习惯，一直保留到她上小学以后。有一次，她正在"演戏"，我突然想起了斯蒂文森的一首题目叫《瞧不见的游戏伴儿》的诗来。这诗写一个既抽象又具体的"儿童之友"，谁也听不见他的声音，谁也看不见他的形状，可只要孩子们高兴，独个儿游戏，他就从树林里出来，悄悄地来到孩子的身边。他会在孩子挖的小小的泥洞里躺下；他会站到玩具兵打仗的敌人一边，吃败仗，叫孩子高兴；他会在孩子上床的时候，照料好每一件玩具，让孩子安心睡觉；而且——

> 他躺在桂冠里，他奔在草地上，
> 你碰响好听的玻璃杯，他就歌唱；
> 只要你快乐，又说不出理由，
> 在你身边就肯定有"儿童之友"！

这"儿童之友"到底是谁呢？也许是莎士比亚的《仲夏夜之梦》中的帕克？或者《暴风雨》中的爱丽儿？不，有点像，但又都不是，他就是这么一个不存在的存在，一个"瞧不见的游戏伴儿"，就是把儿童引到忘我的游戏乐趣中的一个精灵，把孩子引到幻想世界去的一种诱惑，一股力量。当发怒的妈妈责问贪玩的孩子"你的魂灵到哪里去了？"的时候，我想，这样一种回答无疑是有趣的："是儿童之友把我拐走了。"我觉得，斯蒂文森是在这首诗里把儿童对童话世界的向往，对游戏和幻想的专注精神，概括为一个帕克式或爱丽儿式的形象，并对这个形象赋予了某种哲理的暗示，因而使这首诗成为一首极富于儿童特点和哲理光彩的诗。

应该说明，当我想起这首诗的时候（我小女儿七八岁），那本暗绿色封面的小书《一个孩子的诗园》，已经不存在了。60年代中期，当我的小女儿刚刚四岁的时候，这本小书连同我保存了几十年的其他许多中外文书籍，都在"文化大革命"的大风暴中化成了纸浆！在"打倒一切封资修黑货"的口号声中，我只好把对于这本诗集中许多首诗的记忆埋葬在心的深处。

"光阴荏苒"，时轮一下子转到了80年代初期。我已经是年近六十的人了。不知怎的，我又想起了这本诗集。我好像怀念一位老朋友似的，渴望同它再次见面。于是我设法从一个研究所的资料室里借来了这本书。我把它又从头至尾地读了一遍。它又一次触动了我的心弦。许多记忆重新涌上我的心头。许多过去熟悉的形象、色彩、韵律，已经消失了好多年的，又重新鲜明起来，活跃起来。对这些诗，我似乎既熟稔，又陌生。我感到，有些诗，过去觉得诗味浓郁的，现在再读，觉得平平了；有些诗，过去觉得好，这次再读，似乎发现里面还有深一层的趣味和意义；有些诗，过去没有经意的，这次却引起了我的注意。

有一首《给威利和亨丽艾塔》，它的意义，我年轻时怕是不大能体会的。在这首诗里，诗人写道："如今，我们坐在老人的椅子里／两条腿不再走动了，安静地休息／我们从窗子的栅栏里向外望去／见到孩子们，我们的下一代，正在游戏。"生命是要递嬗的，但生命之火永不熄灭。儿童，永远是新生命的体现者，人类的希望。诗人继续写道：

> "时间曾经存在过，"白发人说道，
>
> 带着什么都不可挽回的语调，
>
> 但是那冲破一切阻拦的时间
>
> 在飞速前进的途中把"爱"留给了人间。

斯蒂文森可能是个人性论者。不过我对这首诗的理解是：儿童是人类的希望，但儿童要在阳光雨露下成长。人类只有爱自己的孩子，才能有自己的未来。正是在这首诗中，诗人通过自己对儿童的态度表述了他对人类前途的看法。我觉得，诗人的态度还是积极的。比之于悲观主义者哈代，我还是较能接受斯蒂文森。这首诗的最后两行，也许，正是这本诗集所表达的全部思想的总结。

还有两首诗，这次引起了我的注意。一是《园丁》。写一个园艺工人，在孩子眼中，这个劳动者十分勤劳，质朴，而孩子对他也充满了善意和亲切感。另一首是《点灯的人》，写十九世纪英国城市中到傍晚时把一盏盏路灯点亮的工人。诗中写道："我爸爸是个银行家，他可以非常有钱／可是，我长大了，让我挑选职业／李利啊，我愿意跟你去巡夜，把一盏盏街灯点燃！"这里所表达的孩子对普通劳动者的尊敬，和自己想做一个普通劳动者的真诚而美好的愿望，是可贵的。不过，吸引我注意的还不仅是这个出身于资产阶级家庭的孩子对下层劳动人民的同情，更重要的是这种对劳动者的平等态度，善良和美好的感情，恰恰是孩子所特有的，也是通过孩童特有的方式表达出来的。

吸引我注意的，还有那些儿童眼里的大自然的风光和景物。这里有蓝蓝的天，无边无际的旷野，骑马奔跑的风，旅行的太阳，落到田野的雨，像钟面那样圆的月亮，低头看孩子的星星，镜子一样的河，金色的沙滩，这里有玫瑰、百里香、蜀葵、雏菊、金凤花、金雀花、酢浆草、三叶草、勿忘我草、常春藤……有磨坊、干草堆、牧场、草坪……有松树、山毛榉、红醋栗……这里有麻雀、奶牛、猫、狗、老鼠、蝙蝠、貂、鳟鱼、鸟蛋、雏鸟、鲂、鲸鱼的骨架、拉雪橇的驯鹿……在孩子的眼里，冬天的冷风把孩子的脸刺得火辣辣的，会撒他"一鼻子冰冻胡椒粉"。户外是个冰雪的世界，树木和房屋，高山和平湖，全冻成了一整块"结婚蛋糕"。而冬天的太阳，成了一个"冰冷的火球"。可是到了夏天呢，太阳到处"伸进他金光闪亮的手指头"，他"沿着海洋，循着山岭，绕着辉煌的蓝天运行，给玫瑰着色，教儿童高兴……"，于是孩子把太阳称作"伟大宇宙的园丁"。这些诗中的自然景物，都是从儿童的角度去观察描绘的，带着鲜明的儿童情趣的印记。有一首题为《神仙吃的》，写"金雀花儿的金色香气""松树的阴影"都是可以吃的，而且是"好吃的神仙食品"。这似乎不可理解。但我国有"秀色可餐"的成语，其理路恐怕是相通的。不过这"神仙食品"的比喻更带有西方孩子幻想的色彩，容易使我们把它同西方的童话联系起来。在题作《花朵》的那首诗里，孩子把小树林看作"神仙的领地"，在一棵棵小树下藏着小仙女，在树枝下，影子般的小仙女在编结一个家，在百里香或玫瑰的小枝头，隐隐约约的小仙女在勇敢地向上攀登……诗里的孩子宣称："假如我不是长得这样齐，我要在这里生活一辈子！"这是孩子眼里的"仲夏夜之梦"。这里的自然景物带有浓烈的童话色彩。这是神奇的自然界，又是神奇的童话世界。

不久，我就萌生了同方谷绣同志合译这本诗集的想法。决心既定，开始动笔。也曾考虑过，是选译还是全译。最后决定全译，为的是保存原貌，使读者对这部诗集有个全面的了解。比如，有些诗写孩子进餐前或睡觉前，要向上帝祈祷。从这里可以了解西方基督徒的习惯。有的诗写孩子希望所有的人都吃得饱，没有人挨饿，希望所有的人都幸福，虽然诗味较少，但从这里可以了解到这个孩子的善良愿望。绝大部分诗中有一个第一人称，像是一个男孩子。这孩子的性格、气质、教养，颇像英国小说《方特勒罗伊小伯爵》中的主人公，而迥异于张嘎、小冬子这些我国文学中的儿童形象。这些诗，有较好的，有平庸的，也有瑕瑜互见的。但我想，这些诗对我们仍然会有借鉴的意义。因此，经过半年的努力，终于把它们全部译出来了。

想起来，也有些奇怪。这本诗集，从 40 年代初期起，就同我结上了不解之缘。其间经过几度的接近和疏远。最后，到了 80 年代，又经过我们的手，把它介绍给了中国的读者，中国的小朋友们。这时候，我仿佛有一种实践了某个诺言或者归还了某一笔债款那样的感觉。

话已经说完，笔早该搁下了。

但，似乎还有几句话要说一说。罗伯特·路易斯·斯蒂文森（Robert Louis Stevenson, 1850—1894），是我喜爱的英国作家。当我还是初中学生的时候，我看过一部美国电影，名叫《金银岛》，我被影片中的冒险故事所深深吸引了。读高中时，又看了另一部美国电影，名叫《化身博士》。这两部影片都是根据斯蒂文森的小说改编的。从此，我对这位作家发生了兴趣，把他的原作找来阅读。我生平译的第一首英国诗就是斯蒂文森的《镇魂曲》。后来，我又去了解这个作家的生平，知道他原籍苏格兰，出生于爱丁堡一个富裕工程师的家庭。早年学法律，从爱丁堡大学毕业后，当了律师。但不久即改行，专门从事文学创作。他自幼多病，身体孱弱，但他却有惊人的创作力。在他短促的一生中，他写了大量的作品：小说、散文、游记、诗歌。《一个孩子的诗园》写于 1882 年，经作者修改，于 1885 年出第一版。后来作者又作过修改。

坦白地说，我对于斯蒂文森毫无研究。他的作品，我看得也不多。他的《一个孩子的诗园》，在英国文学史上，地位似乎不高，有些英国文学史著作，在提到斯蒂文森时，根本不提他的儿童诗。多数英国诗的选本，也不选他的儿童诗。但是，这本《一个孩子的诗园》自从出版之后，就不胫而走，直到今天，仍是英国几乎家喻户晓的作品。

但，对这本诗集作较高评价的，也不是没有。《不列颠百科全书》上，在"斯蒂文森"条目下，除了叙述他的生平和论述他的主要作品外，还有这样的话："他的诗歌作品，虽然没有显示出诗创作的最高天才，但常常是精巧的，有时是引人入胜和富于独创性的（例如他在运用苏格兰方言时），有些时候，由于展示出一种特殊的记忆和敏锐感而有价值（如《一个孩子的诗园》中的诗）。""《一个孩子的诗园》中的诗，表现出一个成人在重新捕捉童年的情绪和感觉时的异乎寻常的精确性。在英国文学中，这些儿童诗是无与伦比的。"

应该承认，斯蒂文森的儿童诗有其独特的色彩。几乎每首诗都是从儿童的眼睛去观察世界，用儿童所特有的方式去认识世界。这种儿童的心理状态和儿童的情趣，本来是每个从儿童过来的成人都曾经有过的，但绝大多数人当他们成为成人之后都丧失了这种特质。鲁迅先生说过："孩子的世界，与成人截然不同。"作为成人，只有理解并重新把握住了"孩子的世界"，才能表现它。而斯蒂文森，确实具有这种本领。

不过，《不列颠百科全书》对《一个孩子的诗园》的评价是否过高了呢？那还是请读者读过了这些诗之后，自己去判断吧。当然，如果是由于译文粗拙而阻碍了对原诗的领会的话，那责任就在译者了。

屠　岸
1981 年 9 月于北戴河

呈爱丽森·坎宁安

呈爱丽森·坎宁安

——你的孩子呈献

为了那漫漫长夜——你不合眼，
始终守护着不值得你守护的我；
为了你的手——它给我最大的慰安，
领着我从崎岖不平的大地上走过；
为了你朗读过的全部故事书；
为了你抚慰过的种种痛苦；
为了在往昔那又悲又喜的日日夜夜
你怜悯过的一切，忍受过的一切：
请你从病儿（如今好了，也老了）手里
收下这本小书吧，保姆啊，
你——我第二个"母亲"，第一个"妻子"，我婴儿时代的天使啊！

上帝啊，请允许读过这本书的孩子
全都能找到个保姆有同样的好心肠，
请允许在儿童间亮堂堂的炉火旁
听着我的诗歌的每一个孩子
都能够听到同样和善的嗓音——
那嗓音曾使我的童年充满了欢欣！

R.L.S.①

① 这是作者的全名罗伯特·路易斯·斯蒂文森英文三个单词的首字母。

夏天在床上

冬天，我在黑夜起床，
借着黄黄的蜡烛光穿衣裳。
夏天，事情变了样，
还在白天，我就得上床。

不管怎么样，我只好上床
看鸟儿们还在树上跳荡，
听大人们的脚步声，一阵阵
响在大街上，经过我身旁。

你想，这事儿难不难哪——
天空蓝蓝，天光亮亮，
我多么想再玩一会儿啊，
可是，却偏偏要我上床！

奇　想

这种想法有多么美好：
世界上到处是肉饼和甜浆，
孩子们饭前都这样祈祷，
在每个有基督教徒的地方。

海 边

我往前走，走到海滩，
他们给了我一把木铲，
让我挖泥沙。

我挖的洞啊，像只酒杯。
每个洞里，涨起了海水，
涨上就不落下。

孩子夜里的幻想

妈妈灭了灯，黑夜来临，
整夜整夜，一直到天亮，
我老是看见人们在行军，
看得分明，像白天一样。

武装的军队，帝王将相，
全都在行进，威武堂皇，
手拿各种各样的东西，
白天你从没见过这景象。

即使是大马戏团在草坪
也从没演得这么漂亮；
我见到各种野兽各种人
全都结队行军向前方。

开始的时候，慢慢移动，
到后来，他们越走越匆忙，

我一步不离，紧挨着他们，

终于我们全进入了梦乡。

孩子们该做到的

孩子一定要讲老实话，
谁跟你说话，你别当哑巴，
同桌吃饭，要讲究礼貌；
这些，要尽量努力去做到。

雨

到处在下雨，无边无沿，
雨落到田野，落进树丛，
淋湿了这些雨伞，
又洒向海里的船篷。

海盗的故事

我们三个，坐在篮子里，一摇啊一晃，
篮子是条船，在草地上东飘又西荡。
春天的风啊，春天的风吹来了，
地上的草波啊，就像那海上的浪。

今儿个，我们当心着天气的变化，
凭星星指路，咱们冒险去！往哪？
任船儿漂荡，荡到非洲？荡到——
普罗维登斯？巴比伦？还是马拉巴？①

喂！海上有一队军舰冲过来了——
那是草地上吼叫着进攻的一群牛！
快，快躲开它们，那是群疯家伙，
哦！花园是海滩啊，园门是港口。

---

① 普罗维登斯，美国港口城市。巴比伦，古代巴比伦王国的首都。马拉巴，印度地名。

陌生的地方

除了我这个小勇士，谁敢
爬到樱桃树上去瞭望？
我两手紧紧抱住树干，
向四外眺望那陌生的地方。

我看见邻居的园门紧锁，
园里点缀着耀眼的花朵，
还见到许多有趣的场所——
我以前可从来也没见过。

笑出酒窝的河水在流淌，
像镜子映着天空蓝澄澄，
起伏的土路爬向前方，
人们一步步走向小城。

我要是能爬到更高的树上，
就能够看得更远，更远，
能看见大河流入海洋，

穿过船群，再奔流向前；
能看见两边的道路都通到
精灵的乐土，仙女的家。
在那儿，孩子们全都吃得饱；
在那儿，布娃娃全都会说话。

刮风的夜

月儿落，星儿隐，
大风在高空吹不停。
黑夜里，湿气重，
骑士在马上跑得冲。
夜已深，灯已灭，
为啥他奔跑老不歇？

树枝摆，嘎嘎叫，
船儿在海上晃又摇。
蹄声低，蹄声响，
骑士在路上跑得忙。
跑过去，奔过来，
来来去去飞一样快。

漫　游

我真想起身，抬腿就走，
到金色苹果园里去漫游；
去那儿：上面是异国的蓝天，
下面是鹦鹉岛，横躺在海面，
孤独的鲁滨孙们在建造木船，
鹦鹉和山羊守候在旁边；
去那儿：一座座东方的城镇，
在阳光下，向周围几十里延伸，
城里装饰着清真寺和塔尖，
寺塔的四周是沙盖的花园，
琳琅的杂货，来自四方，
招徕顾客，悬挂在市场；
去那儿：长城环抱着中国，
在它的一边，是风沙，荒漠，
另一边，是城市，一片嘈杂，
钟声、鼓声和人声喧哗；
去那儿：火焰般炎热的森林，
宽阔如英格兰，高耸如尖塔顶，

那儿到处是椰子果，大猿猴，
茅屋里住着黑人好猎手；
去那儿：看鳄鱼披一身鳞甲，
躺在尼罗河里，两眼眨巴，
还有那红色的火烈鸟，它一见
水里的鱼儿，就啄到嘴边；
去那儿：原始的林莽草莱，
吃人的老虎们在远近徘徊，
挨着身子躺，竖着耳朵听，
就怕猎人越来越挨近，
就怕有人到林子里来，
坐在轿子里，一摇又一摆；
去那儿：在一片荒凉的沙地，
直立着一座古城的残迹，
城里所有的王子和穷娃娃
多少个世纪前就已经长大，
没有人走动在屋里，在街道，
没有孩子笑，也没耗子叫，
当这温和的夜晚来临，
全城见不到一丝光影。
我要到那儿去，只等我长大，
就带着骆驼队向那儿进发；
去那儿：在幽暗尘封的饭厅，
点燃起火炬，给周围照明；

从墙上挂着的多少幅画图，
看英雄，战斗，节日的欢愉；
我最后还发现，在一角墙隅，
古埃及儿童的一堆玩具。

歌 唱

鸟儿歌唱花斑的蛋，
在树上把鸟窝筑起；
水手歌唱船上的缆
和漂洋过海的东西。

远方的日本孩子在歌唱，
西班牙孩子也唱得欢；
风琴啊，随着琴师的手儿
在雨中也唱啊唱不完。

将　来

等我长大成人，
我一定非常神气、伟大，
我告诉男孩儿女孩儿们，
别瞎弄我的布娃娃。

好玩的游戏

我们俩在楼梯上造了一条船，
全都用后房的椅子搭成，
船上堆满了沙发垫子，
我们叫船儿破浪航行。

我们带上锯子和钉子，
提上盛满清水的木桶，
汤姆说："喂，咱们别忘了
把苹果和蛋糕也往船上送！"
这就够了，汤姆和我呀，
可以航行到下午五点钟。

我们整天整天地航海，
这个游戏呀，真正好玩；
可惜呀！汤姆摔伤了膝盖，
剩下一个我，没人做伴。

船儿漂向哪里？

褐色的——河流，
金色的——沙滩；
河水，不停地奔流，
树木，站立在两边。

绿叶在水上漂，
还有泡沫的城堡；
我的船儿啊，在游荡，
你们的家啊，在哪方？

河水奔流得匆忙，
一下子绕过了磨坊，
奔啊，直奔下山头，
流啊，直流向山沟。

我的船顺着河水

漂出去一百里远，

别家的弟弟和妹妹

会带我的船上岸。

姑妈的长裙

姑妈只要一转身，
衣裳发出怪声音；
拖在身后上楼梯，
滚在地上进房门。

被子的大地

我病了，只好躺在床上，
垫两个枕头在脑袋底下，
一件件玩具都在我身旁，
叫我整天都快活，乐哈哈。

有时候，用一个钟头光景
我瞧着铅制的兵丁行军，
他们穿着不同的军服，
操练在被褥铺成的山林。

有时候，我让我的舰队
在床单的海洋上破浪行驶，
要不，把树木和房屋搬开，
在床上筑起一座座城市。

我是个伟大的严肃的巨灵，
在枕头叠成的山上坐镇，

凝视着面前的山谷和平原，

做有趣的被子大地的主人。

睡 乡

在白天，从早晨一直到黄昏，
我待在家里，守着朋友；
可是呀，每天夜里我出门，
老远地，到睡眠的国土去漫游。

我呀，只能一个人前往，
没人告诉我该去干什么——
我呀，自个儿站在小溪旁，
在梦里，自个儿又去爬山坡。

我得到许多稀奇的东西，
有的好吃，有的好看，
还见到许多可怕的景象，
在睡乡，直到太阳出东山。

白天，我寻找去睡乡的路，
怎样地努力，始终找不到；

白天，我也记不太清楚

睡乡的音乐——有多么奇妙。

我的影子

我有个小小的影子，进进出出跟着我，
我可不大知道他到底有什么用场。
他呀，从头到脚都非常非常地像我；
我跳上床去，倒看见他比我先蹦上床。

他怎样成长的呢，咳，那才叫好玩——
全不像真正的孩子那样，慢慢地长大；
有时候他长得那么高，像皮球，一蹦蹿上天，
有时候他缩得这么小，我完全看不到他。

孩子应该怎样游戏，他可是完全不知道，
他呀，只知道捉弄我，跟我开玩笑。
他老是紧紧跟着我，真像个胆小鬼，你瞧；
我像他跟牢我那样去跟牢保姆可多害臊！

一天早上，非常早，太阳还没有起身，
我起来看到露珠在金凤花儿上闪耀；

可是我那懒惰的小影子，真贪睡，还不醒，

他在我身后，在家里床上，呼呼地睡觉。

秩 序

每天晚上我都做祈祷，
每天白天我就有面包；
每天每天我都守规矩，
每顿饭后我就有柑橘。

不爱干净整洁的孩子，
玩具多，吃得又多的孩子，
我说，他准定是个顽童，
要不然，他爹是个可怜虫。

一个好孩子

我黎明醒来，整天过得乐乐呵呵，
笑嘻嘻地玩耍，一句讨厌的话儿也不说。

现在太阳落山了，在树林后头躲起来，
我真高兴，因为我知道我整天都乖。

我床上铺着漂亮的被褥，清爽，整齐，
我只好上床去睡觉，也不会把祷告忘记。

我知道，到明天，我会见到太阳又高升，
今晚不会有噩梦来吓唬我的心灵。

我睡得香啊睡得沉，一觉睡到大天亮，
我听到草地上鹈鸟们在丁香花丛里歌唱。

该睡的时候溜了

穿过窗格，窗栏，窗框，
客厅和厨房里射出了灯光；
几百万，几千万，几万万颗星星
高高地旋转在我的头顶上。
树叶儿几千张，比不上星星多，
教堂里，公园里，人不如星星多，
一群群星星啊，低头看着我，
一群群星星啊，在夜空闪烁。
天狼星，北斗星，猎户星，火星，
指引水手们航海的星……
在天上闪烁，墙边的水桶里，
装了半桶清水和星星。
大人们看到我，边喊边追我，
马上把我抱上了床；
灿烂的光啊，还在我眼前闪烁，
星星们，还在我头上游荡。

进行曲

拿起梳子来弹奏！
我们进军上战场！
威利歪戴苏格兰帽，
琼尼打鼓咚咚响。

玛丽·琪恩是军队的总司令，
彼得把后面的部队来率领；
又热心，又机灵，和着拍子向前进，
我们都是掷弹兵。

威风凛凛神气的样，
加快步子向前方；
围嘴儿当作军旗挂，
挂在竿儿上迎风扬！

我们得了光荣又得战利品，
伟大的统帅是琪恩！

我们围着村子走了一圈，
这会儿应该回家门。

奶 牛

温顺的奶牛，一身红白，
我爱着她，一片真诚。
苹果馅儿饼加奶酪最好吃，
有奶酪全亏她费心供应。

她哞哞叫着到处徘徊，
可是她从来不迷路，
她整天在愉快的户外
愉快的日光下漫步。

不怕风一阵阵地刮，
阵雨淋湿了也不怕，
她走在青草地上，
吃着草地上的野花。

快乐的幻想

这个世界呀，装满了东西，丰富多彩，
我们啊，准会像国王一样快乐开怀。

风

我见到你让风筝在高空飞旋，
我见到你把鸟儿吹向蓝天；
我到处听见你跑步的声息，
像姑娘的裙子掠过草地——
风啊，你整天不停地吹响，
风啊，你的歌声多么嘹亮！

我见到你做了各样的事儿，
却老是隐藏着自己的影儿，
我感到你推动，听到你呼啸，
可你的身影我从没见到——
风啊，你整天不停地吹响，
风啊，你的歌声多么嘹亮！

你呀，多么强壮，又多么寒冷！
你这个"老吹"呀，是青年，还是老人？
你是只野兽，奔窜在林莽，
还是个顽童，比我更强壮？

风啊，你整天不停地吹响，

风啊，你的歌声多么嘹亮！

可纪念的磨坊

越过边境——这错误不可饶恕，
我们拨开树枝，爬行着向前，
出了花园墙上的那个豁口，
我们向前走去，一直到河边。

这儿是磨坊，发出轰轰的雷鸣，
这儿是水坝，卷起好看的水浪，
这儿是闸门，急流在下面奔腾——
奇妙的地方啊，就在家门近旁！

乡村里是那么幽静，越来越幽静，
山上的鸟儿也不唱了，寂静无声；
苦工使磨坊工人两耳变聋，
灰尘使磨坊工人双目失明。

年月将不断地流过，磨坊的轮子
将为我们孩子们不停地转动，
当我们离去以后，轮子将永远

在浪花里旋转，发出雷声隆隆。

有一天，我们成了战士和英雄，
从印度群岛，从海洋，回到老家；
我们会发现那轮子还在转动，
不停地转动，把河水翻起浪花。

那时候，我们老了，受尊敬，穿着新衣裳，
我带上你上星期六送给我的弹子，
你带上我们争吵时我送给你的蚕豆，
到这里来相会，来回忆——回忆往事。

好孩子和坏孩子

孩子们，你们还小着呢，喂，
你们的骨骼还挺嫩，挺脆，
你想要长得强壮，长得美，
一定要学着走路，迈开腿。

你们该始终是安静，活泼，
你们该满足于普通的饮食；
你们啊，要拒绝种种的诱惑，
保持纯洁，永远诚实。

愉快的心儿，愉快的脸庞，
在青草地上愉快地玩耍——
在古代，孩子们就是这样
成长为国王，变成了哲学家。

那些心肠坏，不懂规矩，
贪零嘴，老吃不够的孩儿，
他们啊，准定得不到荣誉，

他们的故事呀，可不是味儿！

坏心眼的孩子，爱哭的娃娃，
长大了又是蠢来又是傻，
等他们成了老头老婆子，
侄儿侄女没一个不恨他们。

外国孩子

印度孩子，印第安娃，
北极的孩子——小爱斯基摩，
日本孩子，土耳其娃，
喂！你们可希望你们是我？

你们见过红色的树，
还见过狮子，在海那边；
你们瓣下过甲鱼的腿，
你们吃过鸵鸟的蛋。

这样的生活非常好，
可不如我的生活美：
你们准定已感到厌倦，
因为你们不能够远飞。

你们有稀奇的东西可以吃，
我吃的可是普通的饭食；
你们只能住在海那边，

我可安全地生活在家园。

印度孩子，印第安娃，

北极的孩子——小爱斯基摩，

日本孩子，土耳其娃，

喂！你们可希望你们是我？

太阳的旅行

晚上我呼呼睡大觉，
太阳可不在床上待；
他不停地绕着地球转，
创造出一个个早晨来。

这儿，在晴朗的日子，
我们在向阳花园里游戏，
在印度，每个爱睡的孩子，
被大人亲着脸抱上床去。

在傍晚，我喝完茶，
大西洋那边刚天亮；
所有西方的小娃娃，
正在起身穿衣裳。

点灯的人

茶快煮好了，太阳已经西落；
这时候，可以在窗口见到李利走过身旁；
每晚，喝茶的时候，你还没就座，
李利拿着提灯和梯子走来了，把街灯点亮。

汤姆愿意当驾驶员，玛利亚想航海，
我爸是个银行家，他可以非常有钱；
可是，我长大了，让我挑选职业，
李利啊，我愿意跟你去巡夜，把一盏盏街灯点燃！

只要门前有街灯，我们就很幸福，
李利点亮了许多盏，又点亮一盏在我家门口；
你手拿提灯和梯子，别忙着走过，
李利啊！今晚瞧一眼这个孩子，向他点点头！

我的床是条小船

我的床啊，像小船一样；
保姆帮助我踏进船舱；
她给我穿上水手的衣裳，
黑夜里送我出发远航。

我站在船头，向岸上
所有的朋友告别，道晚安；
我闭上眼睛，扬帆航行，
什么也不再听见和看见。

有时候，我把东西搁上床，
就像那想得周到的水手；
带上一整块结婚蛋糕，
或者带几件玩具一起走。

整夜，我们掌舵航行，
终于，小船开进了白天，

我发现，我的船紧靠码头，
安全地回到了我的房间。

月　亮

月亮的面孔像大厅里的钟；
她照着小偷儿爬上花园的围墙，
她照着大街，港口的码头，田垄，
她照着小鸟儿在树杈里进入睡乡。

咪咪叫的猫，吱吱叫的老鼠，
大门口那只汪汪叫的狗，
白天在床上睡觉的蝙蝠，
全都爱借着月亮光出游。

属于白天的一切生命
都不睬月亮，全都去睡觉；
花朵和孩子们都闭上眼睛，
直到太阳升，早晨来到。

秋 千

荡啊荡着秋千上蓝天，
上蓝天，你呀喜欢不喜欢？
我想小孩儿最爱荡秋千，
荡着秋千真好玩，真好玩！

荡过围墙去呀荡上天，
我看到天地这么宽，这么宽，
我看到河流、树木和牛羊，
我看到田野没有边，没有边——

我再往下看，绿色大花园，
棕色的屋顶在眼前，在眼前——
我重又荡着秋千上蓝天，
我在空中上下翻，上下翻！

该起床了

黄嘴的鸟

在窗台上跳，

睁起亮眼喳喳叫：

"你睡懒觉臊不臊！"

镜子河

河面平滑，河水静静流，
这儿浪一闪，那儿水一皱——
啊，光洁的石头！
啊，平静的溪流！

落花挂帆漂，银鱼儿水里跳，
池塘平如镜，清水天空照——
啊，孩子这样想啊：
住在那里有多好！

我们能看见自己的脸庞，
池面在摇晃，脸庞在动荡，
动荡在幽暗、清凉
而又安静的地方。

过来一阵风，吹皱一池水，
貂儿一身湿，鳟鱼窜浪飞，
水纹在扩散，只一会儿，

波平浪静风不吹。

瞧水圈一个把一个来追，
河底下像夜晚一般漆黑，
正像妈妈吹灭了
一支蜡烛的光辉！

孩子们，再等一分钟时光——
那扩散的水圈儿就会消亡；
溪水和水里的一切
会重新清澈明亮。

神仙吃的

快来呀，光脚丫的孩子们！
这儿有好吃的神仙食品。
这儿，在我的休息室里，
孩子们，你们可以尝到
金雀花儿的金色香气，
可以把松树的阴影喝饱；
愿你们吃饱喝足，到那时——
听几个、讲几个神仙故事。

望着火车车厢外

比神仙飘还快，像巫婆一样飞，
掠过桥梁叠房屋，篱笆绕渠水；
像军队去打仗，冲锋向前方，
穿过青草场，甩掉马牛羊；
平原和山岭，一片片风景
像稠密的雨丝，飞动的画屏；
眼一眨，影一闪，一回又一回，
花花绿绿的火车站，呼啸着向后退。

这儿有个小小孩，爬呀爬过来，
独自一个人，把黑莓捡又采；
这儿有个流浪汉，站着往前看；
那儿草地上，一片雏菊连成串！
这儿有一辆马车在赶路，
笨重地向前走，载人又载物；
这边儿磨坊来，那边儿小河走，
一幕幕闪过去，一去不回头！

冬　天

冬天的太阳，冰冷的火球，
爱睡懒觉，迟迟不起床；
只闪耀一两个钟头，然后，
像血红的橘子，沉入西方。

星星还留在天上，
天还没有亮，我就起床；
我光着身子直哆嗦，
凭着冷烛光，洗澡穿衣裳。

我坐在欢乐的炉火旁，
暖和我那冰冷的身体；
或者乘驯鹿拉的雪橇，
去探索门外寒冷的大地。

出门以前，保姆给我
戴上了帽子，围上了围巾；
冷风火辣辣刺我的脸儿，

撒我一鼻子冰冻胡椒粉。

雪地上一踩一个黑脚印，
我深深呼吸在寒冷的户外；
树木和房屋，高山和平湖，
全冻成结婚蛋糕一整块。

干草棚

在整个快活的草原上，
青草长得高过肩，
闪光的镰刀遍地割，
割下青草去晒干。

散发着香气的青青草，
装上大车运回家；
在这儿堆成山一样高，
让登山队员往上爬。

这儿是清凉山，锈钉峰，
那儿是摩天岭，老鹰崖；
山里的耗子没我乐，
我呀整天乐哈哈！

爬上草堆多高兴啊，
这个地方真好玩；

尽是草香和灰尘啊，
我爱快活的干草山！

再见，农场！

马车终于来到了门前，
心急的孩子们向车上登攀，
抛着吻告别，齐声唱着歌：
再见，再见，一切都再见！

房屋和花园，田野和草坪，
我们荡秋千荡过的牧场大门，
水泵和马棚，大树和秋千，
再见，再见，一切都再见！

祝你们永远，永远平安！
结满了蜘蛛网的干草栈，
靠在干草栈门边的梯子呀，
再见，再见，一切都再见！

鞭子噼啪响，我们走了，
树木和房屋，越远越小了，

我们终于在森林边拐弯了，
再见，再见，一切都再见！

西北走廊

一　晚　安

明亮的灯光被带进了屋子，
没太阳的时辰又已来到；
鬼怪出没的黑夜回来了，
笼罩着户外的田野和小道。

我们看到，火光明亮的
壁炉里，余火在逐渐消亡；
我们的脸庞被照得红喷喷，
像油画一幅幅映上玻璃窗。

我们该上床了吧？好吧，
我们站起来，像大人一样，
走过那又黑又长的走廊，
大摇大摆地走向眠床。

再见了，哥哥，姐姐，爸爸！

围着炉火的快活的同伴！
再见了，你们的歌儿和故事，
到遥远的明天，咱们再见！

二　影子的行进

乌黑的夜，笼罩着房屋，
它凝视的目光穿过玻璃窗，
它躲过灯光，在墙角爬行，
它随着灯焰的移动而动荡。

我的心脏像小鼓在咚咚敲，
鬼怪的呼吸吹乱我的头发；
变样的影子绕着烛光转，
沿着扶梯往楼上爬。

栏杆的影子，灯的影子，
孩子的影子——他正去上床，
讨厌的影子都走来，走去……
乌黑的夜，笼罩在头上。

三　在港内

我那胆怯的哒哒脚步声
终于走近我睡觉的房间，

离开那寒冷、阴暗的地方，
来到卧室里，愉快又温暖。

我们平安到家了，转过身
不让跟踪的影子跟进来，
我们终于高兴地关上门，
把一切危险关在大门外。

妈妈踮起了脚尖，
轻轻地走到床边，
看到我暖和地
在睡乡里安眠。

孩子一个人

瞧不见的游戏伴儿

孩子们独自在草地上游玩，
瞧不见的伴儿就悄悄来到身边。
孩子们高兴，寂寞，又挺乖，
"儿童之友"就从树林里走出来。

谁也没听到他，谁也没见到他，
他这幅肖像，你永远不会描画，
可只要孩子们高兴，独个儿游戏，
他准定在这儿，不管在屋外，屋里。

他躺在桂冠里，他奔在草地上，
你碰响好听的玻璃杯，他就歌唱；
只要你快乐，又说不出理由，

在你身边就肯定有"儿童之友"！

他喜欢身子小，他不爱身子大，
能在你挖的洞子里住下的，正是他，
你让锡制的玩具兵上战场，
也是他：总站在法国人一边，吃败仗。

夜里，当上床的时候来到，
那是他：不再打搅你，叫你去睡觉——
你的玩具，不管在橱里躺、架上站，
那是他：会照料好每一样，每一件。

我和我的船

我呀，是一条像样的小船的船长，
这只小船啊，航行在小小池塘上；
我的船儿在池塘上转啊转，漂啊漂；
我长大一点儿，就要去寻找那诀窍——
怎样把我的船儿送出去远航。

我想要自己长得像洋娃娃一样小，
还想要掌舵的洋娃娃活蹦乱跳；
让他在我身边帮助我，我扬帆航海，
在水上行进，快活的微风吹来，
我的船儿啊，就晃晃荡荡往前漂。

你会看到我航行过芦苇和蒲草，
你还会听到我船头水浪哗哗叫；
在水手洋娃娃身旁，我航海，探险，
向洋娃娃从没来过的海岛靠岸，
在船头燃放价值一分钱的大炮。

我的王国

在一股清亮的泉水旁边，
我找到一个小小的山谷，
谷顶高不过我的头颅。
山谷周围是荆豆和石楠，
在夏天，全开出了花儿一丛丛，
有的黄来有的红。

我把小池塘叫作海洋，
我看小山坡是大大的山岗，
因为我是个小小人儿。
我造了一条船，我盖了一座城，
我上上下下寻找石洞门，
我给每个石洞起了个名儿。

这儿一切都是我的，我说，
我头上飞的小小的麻雀，
还有那小小的鲤鱼。
在这世界上，我就是国王；

蜜蜂飞来了，为我歌唱，
燕子也来了，为我飞舞。

我玩的山谷，比海洋还深，
我玩的草地，比原野还宽广，
这儿除了我，没别的国王。
我终于听见，在黄昏时分，
我妈从屋里一声呼唤，
叫我回家去吃茶点。

我只好离开我的山谷深深，
只好离开我的泉水粼粼，
只好离开我的石楠花。
哎呀！我走近家门的时辰，
我的保姆成了个巨人，
那房屋又有多么冷，多么大！

冬天看图画书

夏天过去，冬天来临——
霜晨，手指冻得发疼，
窗口的知更鸟，冬天的白嘴鸦，
还有一本本故事书、连环画。

这时候，河水硬成石头，
保姆和我可以在上面走；
可我们还是能找到溪水淌，
就在那故事书、连环画上。

种种可爱的东西都画好，
等着孩子们的眼睛来瞧，
羊群和牧羊娃，树林和弯路，
全都印上了连环画、故事书。

我们能看到各种东西啥模样，
远远近近的城市和海洋，
还有飞行小仙女的脸庞，

全都在故事书、连环画上。

叫我怎样来把你歌唱？
你这快乐的炉边时光——
平安地坐在儿童室角落里，
把连环画、故事书看得入迷。

我的珍宝

一堆栗子，藏在鸟窝的后面，
那里也躺着我的铅制的玩具兵；
栗子是我和保姆采的，在秋天，
采自海边流着泉水的树林。

一只哨子（那声音多么清亮）：
那是在场地边缘的田野里造成的，
那是我的保姆，她一个人啊，
用我的小刀，把一根树枝削成的。

一块石头：在老远老远的地方
我们发现它，有白、黄、蓝色花纹；
又累又冷，我把它搬了回来，
我说它是金子，尽管爸爸不承认。

我的宝贝中还有一个是大王。
别的孩子们很少有这样的珍宝；

那是一把凿子，有柄有凿身，

那是一位真正的木匠的创造。

积木城

你用积木能搭出什么来？
圣堂，码头，宫殿，城堡。
让雨下吧，让别人去逛吧，
我可愉快地在家里营造。

把沙发当山，把地毯当海，
在那儿我给自己盖一座城市：
城边是教堂、磨坊、宫殿，
港口，停泊着我的船只。

雄伟的宫殿有柱子，围墙，
一座塔搭在宫殿的顶端，
一段台阶整齐地铺下来，
直铺到我的船避风的海湾。

这条船航行，那条船停泊：
听，甲板上水手们在歌唱！
看，宫殿的台阶上，国王们

拿着礼品和珍宝来来往往！

我已经搭完了，把它推倒吧！
整个城市一下子倒地。
一块块积木横七竖八，
我那海边的城市在哪里？

我见过它，所以我又见到它：
教堂和宫殿，居民和船只，
只要我活着，不论我去哪儿，
我永远惦念我海边的城市。

故事书的国土

黄昏，灯点亮了，
我爹妈围着炉火坐；
他们在家聊天，唱歌，
什么游戏也不做。

我带着小木枪爬行，
秘密地沿着墙边，
绕过林中小径，
爬到沙发后面。

深夜，没人能查出我，
我在猎人的帐篷里躺倒，
看着我看过的故事书玩，
只等上床的时刻来到。

这是小山，那是森林，
这是我寂寞的星野；
那是大河，河边是狮子

吼叫喝水的世界。

我看见人们在远方，
像躺在有灯的帐篷里，
我像个印度童子军，
围绕着他们去侦缉。

我的保姆找我来了，
我跨过大海回到家里，
上了床还回头观看
我心爱的故事书领地。

炉火里的军队

一路街灯沿大街亮过去，
落地的脚步声轻轻地响过去，
灰色的黄昏慢慢地下降，
裹住了花园、树木和围墙。

朦胧的夜色正在降落，
炉火把空屋涂成红色，
火光把天花板照得暖和，
火光在书脊上跳跃闪烁。

沿着火城的城楼和高塔，
一列列军队在烈焰中进发；
我目不转睛地注视着军队——
军队在隐去，光彩在消退。

红光重新在炉火中跳跃，
幻象的城市又燃烧得欢闹；
沿着火红的山谷啊，看！

幻象的军队在齐步向前！

闪光的余火啊，请你对我讲：
这军队要开往什么地方？
那火城崩坍在你的炉子里——
它呀，到底是什么东西？

小人国

我独个儿坐在家里

感到非常烦腻，

我只好闭上我的眼睛

到天上去扬帆航行——

航行到遥远遥远的地方：

到那快乐的游戏之乡；

到那遥远的仙境乐土，

那儿有小人国的人民居住；

那儿三叶草成了大树，

小雨塘成了大海大湖，

一片片草叶像是小船队

短途航行来来又回回。

就在那棵雏菊的上空，

穿越草丛，

高高地飞过了一群野蜂，

嘤嘤嗡嗡。

在那林子里我可以行走，

可以来去徘徊，可以漫游；
可以看到苍蝇和蜘蛛，
看到蚂蚁一步步走路——
背着包裹，抬起腿脚，
爬过草地，绿色的街道。
我可以坐在酢浆草上，
瓢虫飞落的地方。
我可以登上一片片草场，
可以看见
一群燕子在高空飞翔，
飞过蓝天，
圆圆的太阳在滚动不息，
不注意像我这样的小东西。

我可以穿越那座森林
一直到，像透过一片明镜，
我看到嗡嗡的苍蝇和雏菊，
还有我这小小的自己，
线条清晰，形象明朗，
画进了我脚下那雨水的池塘。
要是有一片小树叶掉下来，
在水里漂移，直向我挨，
我会立刻登上那小舟，
绕着这雨塘的大海去漂流。

沉入思考的小小生灵
坐在绿草茸茸的海滨；
小生灵睁开可爱的眼睛
带着惊奇观看我航行。
有的穿着绿色的铠甲——
（准是在战场上经历过厮杀！）
有的打扮得花花绿绿，
黑红金蓝，斑驳有趣；
有的拍拍翅膀飞得快，
可他们全都显得挺和蔼。

等我的眼睛重新睁开，
我看到一切都清楚明白：
广阔的地板，高大的粉墙；
巨形的把手在抽屉和门上；
巨人般的大人们在椅子上稳坐，
一针一线补破衣，缝横褶，
（褶子都是山，我能去登攀。）
一面又瞎聊天，废话说不完——
哎，我的天！
我的志愿
是到雨塘大海里去航行，
是朝着三叶草尖去攀登，

一直玩到夜里才回家，

困得不行，直往床上趴。

花园里的日子

黑夜和白天

金色的白天已经过去，
一切的一切都在隐身：
孩子和花园，花朵和太阳，
隐入关闭的大门。

朦胧的黑影徐徐降落，
天光越来越暗淡，
在夜色的笼罩下，渐渐地
一切都消失不见。

变暗的花园，闭合的雏菊，
床上的孩子，全都睡得沉——
还有大路上的萤火虫，

破烂堆里的耗子群。

在黑暗里，屋子亮了，
爹妈拿着蜡烛在行走；
神秘的黑夜又来了，
旋开了卧房门上的把手。

终于白天到来了，
东方出现了曙光，
鸟儿从睡梦中醒来了，
在篱笆上，金雀花儿旁。

朦胧中，轮廓越来越清楚，
房屋，树木，篱笆……
一只麻雀儿展翅
拍打着窗架。

这，会吵醒打呵欠的女仆；
她会打开园门——
见到花园里地上的露珠，
迎来一天的清晨。

花园重新呈现出来，
涂满碧绿鲜红的色彩，

正如昨晚花园在窗外
消失了一样奇怪！

昨晚，花园像个玩具，
被锁了起来，再看不见，
现在我看见花园
在晴空下，光辉灿烂。

每丛玫瑰每块地，
每条园中的小道，
每棵让露珠在怀里
安眠的勿忘我草——

他们都在嚷："起来吧！
白天来到了含笑的山谷，
游伴们，参加我们的行列吧，
我们已经打起了晨鼓！"

窝里的蛋

阳光灿烂的日子里，
群鸟拍翅叫叽叽，
飞在月桂树枝儿
编织成的帐篷里。

在这儿的树杈里，
棕色的鸟巢坐落；
四个蓝色的小蛋，
妈妈细心地孵着。

像傻瓜一样睁着眼，
我们站着观看她，
平安地睡在蛋里的，
是她的四个小娃娃。

小宝贝儿很快就会
啄碎蛋壳跳出来，
四月里，唱起歌儿，

叫树木花草都欢快。

小雏儿很快会变成
蓝天里的歌手和水手，
尽管他们比我们
更加脆弱更年幼。

我们长得那么高，
那么壮，岁数那么大，
可我们不能再低头
去看那些鸟娃娃。

说着音乐般的语言，
他们将飞上蓝天，
高高地，高高地在那
山毛榉的上空盘旋。

我们的智慧闪光，
我们有妙语如珠，
可我们只能慢慢地
用两条腿迈步。

花 朵

保姆教给我这些个名称：
园丁的袜带，牧童的钱袋，
大哥哥的纽扣，小姐的罩衣，
还有蜀葵花——那位太太。

神仙的领地，神奇的东西，
仙人的林子里，野蜂在飞行，
一棵棵小树下藏着小仙女——
这些该都是仙国里的名称！

还有小树林——在树枝底下，
影子般的仙女在编织一个家：
百里香或者玫瑰的小树梢——
勇敢的仙女在往上攀啊往上爬！

大人们的大树林子挺美丽，
但最最美丽的树林在这里；

假如我不是长得这样高，

我要在这里生活一辈子。

夏天的太阳

伟大的太阳，大踏步走过，
广阔的天空，从不休息；
在蓝色的光辉的白天，
他洒下光束比雨丝更密。

我们拉下了百叶窗，
使客厅里保持着阴凉，
他还是找到了一两个裂缝口
伸进他金光闪亮的手指头。

他穿过钥匙孔钻进去，
教结满蜘蛛网的阁楼欢乐；
他通过瓦片的裂缝
笑向架着梯子的干草垛。

同时他露出金色的脸庞，
面向花园的一切领域，
他那热烈而闪亮的目光

直射向常春藤枝的深处。

沿着海洋，循着山岭，
绕着辉煌的蓝天运行，
给玫瑰着色，教儿童高兴，
他——伟大宇宙的园丁。

哑巴兵

当青草被推平的时候，
我独个儿在草地上行走，
在那儿我发现了一个窟窿，
就把一个兵藏在这洞中。

春天带雏菊快步到来，
青草把那个窟窿覆盖，
草儿像绿色的海水奔流，
海浪直涌向我的膝头。

他独自躺在草丛下边，
目光呆滞，注视着上面，
穿着红制服，背着刺杀枪，
直望着天上的星星和太阳。

只等青草像稻谷般熟透，
只等镰刀再磨快了刃口，
只等草地经过了修剪，

我的洞就会再一次出现。

我会找到他，不用担心，
会找到我那个娃娃士兵，
不管世界在怎样变化，
我总会找到我那个哑巴。

他还活着，这个小东西，
生活在春天多草的树林里；
他干着，要是他能对我实说，
就像我爱干的那样干着。

布满星星的夜晚他见过，
还有那盛开怒放的花朵；
他见过小小仙人们匆匆
飞过森林里密密的草丛。

他听见——在一片寂静之中
嗡嗡叫的蜜蜂和瓢虫。
当他独自躺着的时候，
蝴蝶在他的头上飞走。

他一个字音也发不了，
不管他知道的事情有多少。

我只好把他放在书架上，
自己来编个故事替他讲。

秋 火

飘进人家的花园，
飘向溪谷的上空，
瞧啊，一缕轻烟，
来自秋日篝火中！

欢乐的夏天过去了，
夏天的花朵凋敝了，
红色的篝火在燃烧，
一股股青烟升起了。

唱一支四季的歌！
唱一年四季的光彩！
夏天有盛开的花朵，
秋天有篝火升起来！

园　丁

我们的园丁他不爱说话，
他让我把沙砾小道看守；
每回他放好了他的工具，
他就锁门，把钥匙带走。

在一排红醋栗小树后头——
那地方只有厨师可以去，
远远地，我看见他在挖土，
高大，黧黑，苍老，严肃。

他移栽绿花、红花、蓝花，
他不希望别人跟他说话。
他移栽花卉，又去割草，
好像永远不需要玩耍。

多傻的园丁啊！夏天走了，
冬天踮着脚偷偷地来临，
花园里花木枯黄，凋零了，

你也只好让手推车暂停。

现在，趁夏天还没有离去，
园里的生活该更有生气，
要是你跟我玩印度人打仗，
你将会变得聪明无比！

同历史的交流

亲爱的吉姆叔叔，你如今
吸着烟散步在这园地上，
这园地是不朽事业的见证，
它见过血战，败仗或胜仗。

我们最好用脚尖走路，
才能安全地向前行进，
因为这儿是着魔的土地，
谁来兜圈儿，谁就睡不醒。

这儿是大海，这儿是沙滩，
这儿是纯朴的牧人的国家，
那儿是阿里·巴巴①的岩石，
这儿是蜀葵——仙乡的鲜花。

可是，瞧！那边高地上，

① 阿里·巴巴，阿拉伯故事《一千零一夜》中的一个樵夫。

就是西伯利亚的冰天雪地；

我和罗伯特·布鲁斯、威廉·退尔，[①]

被妖人用魔法困在那雪地里。

---

① 罗伯特·布鲁斯，14世纪苏格兰的解放者，苏格兰王；威廉·退尔，13世纪瑞士反抗奥地利残暴统治的自由战士。

使　者

给威利和亨丽艾塔

如果有两个人能够准确地朗读
这些诗，这些描写旧日的欢愉、
描写房屋和花园里的游戏的儿歌——
那只可能是你们俩，我的表妹和表哥。

你们曾带着我，在绿色的花园里行走，
你们两个，一会儿是国王和王后，
一会儿又是猎人、水手、士兵，
能变成千万种人物，只要你们变得成。

如今，我们坐在老人的椅子里，
两条腿不再走动了，安静地休息，
我们从窗子的栅栏里向外望去，

见到孩子们，我们的下一代，正在游戏。

"时间曾经存在过。"白发人说道，
带着什么都不可挽回的语调，
但是那冲破一切阻拦的时间，
在飞速前进的途中把"爱"留给了人间。

给我的母亲

母亲，请你读我的诗篇，
为了爱惜那难忘的时辰，
你也许会再一次听到
地板上孩子的小小脚步声。

给姨妈

大姨妈呀——不光是我，
你抚育的十来个婴儿都是爱哭的娃娃——
别的孩子们在干什么呢？
缺了你，我们的童年又像个什么？

给明妮

红色的房间里，一张大眠床，
只有大人们躺在那床上；
小小的房间里，我和你——咱们俩
在一起躺上一会儿，我呀，
是顶傻顶傻的求婚人，我求你
跟我举行体面的结婚礼；
宽大的儿童间，最好的一间房，
墙上贴着画片儿多少张，
还有那张开着页扇的百叶窗——
在那房间里，一觉醒过来
听满园树叶迎风摇又摆，
沙沙地响，心里多愉快——
多好玩啊：躺在那床上
看到一幅幅图画挂墙上——
画的是塞伐斯托波尔大战场，
城墙上一尊尊大炮张嘴巴，
勇士们沿着云梯向上爬，

画的是船在行进羊在叫，
快乐的孩子们嘻嘻哈哈笑，
蹚着没踝的河水过河道。
这一切啊，全消失得没影又没踪；
牧师的老宅子也跟过去大不同，
这住宅改了面貌换门庭，
如今庇护着一家子异乡人。
那推动一座座磨坊的小溪流
穿过咱童年的花园慢慢走；
可是啊！咱们将永远不会再
从闸口去看那河水流过来！
在那边依然挺立的杉树下，
幻觉里咱们的嗓音闹喳喳，
仿佛是咱们还在园子里玩，
我能够听见那嗓音这样喊：
"从这儿到巴比伦有多远？"

啊，亲爱的，非常远！
非常非常远，在天边——
不过你已经去过更远的地方！
"我能不能去那儿，凭着蜡烛光？"
古老的歌子继续唱不停。
我可不知道——也许你们行——
孩子们啊，我只是听得真，

啊，可永远不能转回程！
不用怀疑，那永恒的曙光
将照亮大地映红山川，
会吹灭一切星星和烛光，
在我们重新变年轻以前。

我送这些诗篇过海洋，
送到远在印度的你手上，
不管它路程有多长。
咱们俩谁能忘得了
那么些柜子印度造，
信天翁的翅膀，羚羊的骨，
斑驳的豆子，穿花衣的鸟，
手镯，旧缆绳，屏风和念珠，
一尊尊神，神圣的钟声阵阵敲，
带壳的软体动物身子曲，嗡嗡叫！
客厅的地板多平坦，
是苏格兰家乡普通的大海滩；
只要我们爬到了椅子上，
就可以看见东方的天空真辉煌！
算是个寓言吧；你来看，
我还在客厅里，跟过去一个样，
明妮呢，正好在我的头顶上
印度造的柜子里来躲藏。

你友好地微微笑，叫书架也增光，
可惜书架太高了，我个儿太小够不上。
亲爱的，伸出手来吧，请接受
这些诗篇吧，咱俩可是老朋友！

给我的同名孩儿 [1]

小路易斯·桑切斯啊，总有一天，这本诗集
会送给你，让你用不快不慢的节奏来读。
你将会发现，好久以前，在伦敦城里，
英国的印刷商已经把你的名字印上了书。

在这东方人西方人会合的繁华大城市，
英国的印刷商印出了所有这些个小小的字；
那时候你太小了，还不会思想，还不会玩耍，
可是远方的外国人却在想念你这个小娃娃。

当你在摇篮里熟睡的时候，在所有英国的土地上，
有多少个孩子手里拿着这本诗集不肯放；
在海外，孩子们在他们的家里问道："妈妈，
路易斯这小孩儿是谁，请你告诉我，好吗？"

现在，你做完了功课，放下了本子，出门去玩，

---

[1] 原文意思是，从我的名字命名的孩子。

去搜寻贝壳和海藻，在这蒙特雷①的沙滩，
你看到巨大的鲸鱼骨头，被海风在沙里埋葬，
你看到带沙的鲂鲱，你凝望无边无际的太平洋。

你玩儿的时候，即便海雾滚向你，也别忘记：
我嘱咐了你些什么，尽管你还不会读这些诗；
当你还没想到别人的时候，几乎半个世界里，
有人在想念着蒙特雷海滩上的小小路易斯！

---

① 蒙特雷，美国加利福尼亚州西部沿太平洋的一座城市。

给读者

就像你妈从屋子里能看见你
在花园里绕大树做游戏那样，
你也能看见——如果你的眼睛
透过这本书的窗子朝里望——
你也能看见另一个孩子，在远方，
在另一个花园里，玩得挺忙。
但是，你别以为你只要
敲一下窗子喊一声，就能让
那孩子听见你叫唤。那孩子
全神贯注在他的游戏事业上。
他听不见；他也不想看，
他不会被引诱从这本书里走出来。
因为，说实话，很久以前，
他就已经长大，已经离开。
这不过是一个孩子的幻影
在那座花园里徘徊，徘徊。

一个孩子的诗集

夜　晚

太阳在西方下山，
黄昏星初升亮闪闪；
鸟儿们归巢静悄悄，
我也得回家去睡觉。
月亮，像鲜花一朵，
在天上闺房里盛开，
带着静静的快乐，
安坐在夜晚笑开怀。

再见吧，绿田野，幸福的丛林，
羊群在那里多欢欣。
小羊羔啃食了青草，
光辉的天使轻移双脚；
悄悄地将祝福抛洒，
快乐啊无际无涯，
降临到每一朵鲜花和花蕾，

让它们沉沉地酣睡。

——威廉·布莱克[1]

① 威廉·布莱克（William Blake，1757—1827），英国浪漫主义早期的诗人、画家。他的作品多以诗画合体的艺术形式完成。他的诗歌和视觉艺术在 20 世纪被认为极具创造力。《天真之歌》（1789）与《经验之歌》（1794）是他早期创作的作品。中晚期的作品被认为是预言诗，有很强的象征主义和神秘主义色彩。本书所选的儿童诗大多选自他的《天真之歌》。本书中的作者介绍均为译者所做。

见世界（存目）[1]

记住三样事

知更鸟关在笼中，
会激怒整个天空。

云雀的翅膀受伤，
小天使不再歌唱。

谁要是把鹧鹆伤害，
他永远不受人爱戴。

——威廉·布莱克

春 天

把笛子吹起！
现在它无声无息。
白天夜晚
鸟儿们喜欢。
有一只夜莺
在山谷深深，
天上的云雀，
满心喜悦，
欢天喜地，迎接新年到。

小小的男孩
无比欢快。
小小的女孩，
玲珑可爱。
公鸡喔喔叫，
你也叫声高。
愉快的嗓音，

婴儿的闹声，

欢天喜地，迎接新年到。

小小的羊崽，

这里有我在，

走过来舔舐

我白白的脖子。

你的毛柔软，

让我牵一牵。

你的脸娇嫩，

让我吻一吻。

欢天喜地，我们迎接新年到。

——威廉·布莱克

荡着回声的草地（存目）^①

哪条路通往幻想城?

哪条路通往幻想城?

啊,在清晨早早起了身;

跨过屋瓦和烟囱,

就是那条路,肯定。

哪扇门通往幻想城?

啊,在清晨早早起了身;

穿过又圆又红的太阳门,

就是那条路,肯定。

——凯特·格林纳威 [1]

---

[1] 凯特·格林纳威(Kate Greenaway,1846—1901),英国儿童书插画家、作家。她的作品在 19 世纪八九十年代产生很大影响。1879 年,她出版了第一部儿童诗作品《在窗下》,成为当时脍炙人口的畅销书。

蓝衣苏珊

啊，蓝衣苏珊，

你可一切都好？

我能否和你一起走，我俩做伴？

我们去往哪里？

哦，我知道了——

顺着草地往前，流星花儿长得欢！

——凯特·格林纳威

嗨呀呀！

嗨呀呀！时间爬得可真慢，
我抬头望着山，一遍又一遍；
太阳独自走，慢慢落山岗，
我的影子变得长又长。

——凯特·格林纳威

周游世界

乘着一辆小童车，
我拉着妹妹走；
我已答应拉着她，
把广阔的世界周游。

可我们还没启程——
对此我感到愧疚——
因为我们的旅行
总是拖到明天再走。

——凯特·格林纳威

猫儿们来吃点心

她倚靠树干站着的时刻，
她看见了什么——哦，她看见了什么？
哦，所有的猫儿都来吃点心了。

四面八方啊，全体出动，
他们从所有的房屋往外冲，
猫儿们赶来呼叫奔跑急匆匆。

"喵！喵！喵！"他们这样叫得欢，
还说，"希望你今天如意平安。"

她该做什么？——啊，她怎么做才好？
猫儿们会把那么多的牛奶全喝掉，
因为他们总是"喵，喵，喵"地叫。

她不知道——噢，她真不知道
猫儿们到底爱不爱吃奶油面包，
猫儿们要的是一点耗子肉啊，噢，噢，噢！

老天爷哟——哦，我的老天爷！

所有的猫儿都来吃点心了耶！

——凯特·格林纳威

当你和我长大时

当你和我

长大时——波莉——

我是说这时你和我

该乘一只大轮船出航，

航遍那大海汪洋。

咱俩等一等，等稍稍长大些。

假如今天就出航，

你知道，咱们会迷失方向，

永远找不到要去的地方。

——凯特·格林纳威

放学啦

放学啦，
好开心啊！
功课完啦，
快玩儿吧！
谁跑得最快——
我还是你？
谁笑得最响亮？
让咱试一试！

——凯特·格林纳威

夏天的太阳（存目）[1]

---

① 见本册中《一个孩子的诗园》部分。

我心爱的人

我要为你做玩具和一枚胸针，让你
听清晨的鸟唱歌，看晚间的星光而欢喜。
我要造一座宫殿，你我共享，
那里有林中的青春岁月
还有海边忧郁的时光。

——罗伯特·路易斯·斯蒂文森

奶　牛（存目）①

---

① 见本册中《一个孩子的诗园》部分。

雨（存目）^①

---

① 见本册中《一个孩子的诗园》部分。

唱一支四季的歌（存目）①

---

① 见本册中《一个孩子的诗园》部分，原题为《秋火》。

我　不

有人爱喝酒，
捧着大酒壶；
有人爱思考。
有人不。

刺鼻的荷兰干酪，
老牌肯塔基黑面包，
有人喜欢这些，
我不要。

有人爱读爱伦·坡，
司各特有人爱读，
有人爱读斯陀夫人，
有人不。

有人爱笑，
有人爱哭，

有人爱逗乐，

而我不。

——罗伯特·路易斯·斯蒂文森

不要伤害小生命

不要伤害小生命：

小瓢虫，小蝴蝶，别打搅，

长着灰翅的蛾子，也别碰，

蟋蟀，让它欢快地唧唧叫，

蚱蜢，看它跳起来真轻巧，

别碰伤飞蚊和滚圆的甲虫

还有无害的蚯蚓，让它爬行。

——克里斯蒂娜·吉奥尔吉娜·罗塞蒂 ①

---

① 克里斯蒂娜·吉奥尔吉娜·罗塞蒂（Christina Georgina Rossetti，1830—1894），
英国 19 世纪维多利亚时期女诗人，一生创作了多首清新动人的佳作，感情细腻，
有一种宗教的情怀。她有不少诗是写给儿童的，《小妖精集市》是其中的代表作，
富于幻想和道德的寓意。

筑　巢

树篱上的鹪鹩和知更鸟，
这里，那里，忙着筑巢；
一会儿飞一会儿停，又啄又敲，
来来回回，四处奔跑！

——克里斯蒂娜·吉奥尔吉娜·罗塞蒂

城里耗子和花园耗子

城里耗子住大房子；
花园耗子住树荫处，
和青蛙、蛤蟆做朋友，
看开花的可爱植物。

城里耗子尝面包奶酪；
花园耗子什么都吃，
我们不吝惜给他种子和存粮，
可怜而胆怯的毛耗子。

——克里斯蒂娜·吉奥尔吉娜·罗塞蒂

毛毛虫

颜色棕，毛茸茸，
毛毛虫你匆匆
赶路程，
爬上凉叶，或花梗，
诸如此类的地方，
你都选择去乘凉。
蛤蟆才不偷看你，
飞鸟儿对你不在意；
你吐丝，死去，
变成蝴蝶获生机。

——克里斯蒂娜·吉奥尔吉娜·罗塞蒂

谁看见了风？

谁看见了风？
不是你也不是我；
但是当树叶不停地摇动，
风就正在穿过。

谁看见了风？
不是你也不是我；
但是当树木低下了头，
风就正在穿过。

——克里斯蒂娜·吉奥尔吉娜·罗塞蒂

我的礼物

我能给他什么礼物？
我拥有的很少；
但凡我是牧羊人，
我会给他一只羊羔。
但凡我是个聪明人，
我会十分殷勤。
可我能给他什么礼物？
我会奉献真心。

——克里斯蒂娜·吉奥尔吉娜·罗塞蒂

冬　天

牛奶面包做早餐，
羊毛外衣身上穿，
给红胸鸟喂面包屑，
一年里这些天地冻天寒。

——克里斯蒂娜·吉奥尔吉娜·罗塞蒂

渡我过河去

"渡我过河去，
行行好，船夫。"
"你钱包里若有一便士，
我就渡你过河去。"

"我有一便士就在钱包里，
我的眼睛蓝闪闪；
请你带我渡过河，
行行好，替我划船！"

"请上我的渡船，
管它眼睛是黑还是蓝，
只要你有一便士，
我就送你到对岸。"

——克里斯蒂娜·吉奥尔吉娜·罗塞蒂

什么是粉的？是那玫瑰

什么是粉的？是那玫瑰，
伴着清清的泉水。
什么是红的？是那罂粟，
长在大麦的苗圃。
什么是蓝的？是那晴天，
飘过朵朵云团。
什么是白的？是那天鹅，
在明媚的光中游过。
什么是黄的？是那鸭梨，
熟透了，饱满多汁。
什么是绿的？大片草场，
花儿在那里苗长。
什么是紫的？是那暮云，
飘在夏日的黄昏。
什么是橙色？当然是橙子，
橙子岂不是橙色！

——克里斯蒂娜·吉奥尔吉娜·罗塞蒂

烙大饼

搅一搅，大麦面，
和一和，大麦面，
饼铛上面烙烙熟；
煎一煎，大麦饼，
翻一翻，大麦饼，
看你能不能接住！

——克里斯蒂娜·吉奥尔吉娜·罗塞蒂

在草地上

在草地上——草地上有什么？

风铃草，绣线菊，金凤花，

还有蘑菇圈在孩子们脚下，

草地上，全是花朵。

——克里斯蒂娜·吉奥尔吉娜·罗塞蒂

缝 边

口袋手绢要缝边——
天啊，天啊，哎！
不知道要缝多少针
才能缝完啊，哎！

缝啊缝，一针一针又一针，
再一针啊再一针，哎！
一针再一针，终于缝完了——
好去玩儿啦，哎！

——克里斯蒂娜·吉奥尔吉娜·罗塞蒂

吃点心

三只李子小面包
在这里靠着台阶吃下去，
在长着红花草的草地上
我们已经走了一里地。

一只你吃，一只我吃，
还有一只没吃掉，
给那个男孩吧，他正在呼喊
赶羊群离开红花草。

——克里斯蒂娜·吉奥尔吉娜·罗塞蒂

哦，多么好看啊！

哦，多么好看啊——
樱桃树上满是花，
阳光下一朵一朵纯白，
四月里一片一片欢快，
哦，多么好看啊！

哦，多么好看啊——
樱桃树上果子挂，
果儿圆滚滚啊红艳艳，
给绿叶的枝头来打扮，
哦，多么好看啊！

——克里斯蒂娜·吉奥尔吉娜·罗塞蒂

云

雪白的绵羊，雪白的绵羊，

在蓝色的山上，

当风儿不再吹拂，

你们静静地站住。

当风儿吹刮起来，

你们慢慢地走开。

雪白的绵羊，雪白的绵羊，

你们去向何方？

——克里斯蒂娜·吉奥尔吉娜·罗塞蒂

所有的钟都在敲响

所有的钟都在敲响，
所有的鸟儿都在歌唱，
而茉丽坐着哭不停，
只为洋娃娃已经破损，
啊，傻姑娘茉丽！
你抽泣，又叹气，
只为洋娃娃已经破损，
而所有的钟都在敲响，
所有的鸟儿都在歌唱。

——克里斯蒂娜·吉奥尔吉娜·罗塞蒂

呼　唤

来吧，小牛，到妈妈身边，

来吧，小羊，我把你挑选，

来吧，小猫，一个一个来，

穿上鞋子雪雪白，

来吧，黄黄的小鹅，

带着你们那一伙儿，

来吧，小雏鸡还这么小，

走起路来要摔跤，

来吧，我的小鸽子，

漂亮的羽毛细如丝！

这里有露珠湿润的青草，

还有阳光当空照，

夏天早早地，早早地来到，

秋天很快就跟着舞蹈！

——比昂斯坦恩·比昂松 [1]

---

[1] 比昂斯坦恩·比昂松（Bjornstern Bjorson，1832—1910），挪威剧作家、小说家、诗人，1903 年获诺贝尔文学奖。

像鸟儿一样

像鸟儿一样，
此刻暂停飞翔，
在纤细的枝头落脚，
枝条细弱得断掉，
它却放声歌唱，
知晓有羽翼一双。

——维克多·雨果[1]

① 维克多·雨果（Victor Hugo，1802—1885），法国浪漫主义时期的伟大小说家、诗人、剧作家。他的小说《巴黎圣母院》（1831）、《悲惨世界》（1862）等在世界范围内产生了巨大影响。

晚　安

晚安！晚安！
阳光已经远去，
可是上帝的爱
在高空燃起，
使全世界光辉明丽。
晚安！晚安！

——维克多·雨果

写在一个孩子的照相簿上（存目）①

---

① 作者威廉·华兹华斯（William Wordsworth，1770—1850），英国浪漫主义诗人，"湖畔派"诗人之一。其诗歌理论动摇了英国古典主义诗学的统治，有力地推动了英国诗歌的革新和浪漫主义运动的发展。他的《抒情歌谣集》宣告了浪漫主义新诗的诞生。全诗见此套译文集中《英国历代诗歌选（上）》，原题为《给一个女孩——写在她的照相簿上》。

小猫与落叶（存目）①

① 见此套译文集中《英国历代诗歌选（上）》，原题为《游戏的小猫》。

紫罗兰（存目）①

① 见此套译文集中《英国历代诗歌选（上）》，原题为《露西抒情诗》。

水　仙（存目）①

① 见此套译文集中《英国历代诗歌选（上）》。

对动物要友善

小朋友，可不要碰疼
能跑会跳的生灵；
让温顺的知更鸟来吧，
啄食你省下的面包渣；
你把食物扔给了他呀，
他会唱支歌给你报答。
别将害羞的小兔弄伤，
她正探出草中的巢穴张望，
让她在草地上嬉戏玩耍，
直到日头落山才回家。
小云雀在空中飞翔，
飞向天上明亮的高窗，
仿佛春天永驻，他这样歌唱，
挥动着不倦的翅膀——
啊，让他高唱快乐的歌，
别伤害这些温顺的小家伙。

——佚　名

眨眨，眨眨，和瞌睡（存目）①

---

① 作者尤金·费尔德（Eugene Field，1850—1895），美国作家，他的儿童诗和幽默作品写得最为出色，被认为是"童年的诗人"。1879 年他开始发表作品。《眨眨，眨眨，和瞌睡》《决斗》等是他最受人们喜爱的作品。全诗见此套译文集中《美国诗选》。

糖果树

糖果树的奇闻你可听到过?
这件稀罕事广为传播!
它在棒棒糖海岸开花结果
在睡眠城中的花园落座;
糖果树的果子甜得出奇
(那些尝过糖果的人们说)
乖小孩们只要吃上一粒
第二天他们就会幸福快乐。

你找到那棵树,要想摘取
我赞美的果子却难做到;
那树太高啦,没人能爬上
悬挂着糖果的枝梢!
可有只巧克力猫坐在树上,
树下有条姜饼狗来奔忙——
你就用这法子去获得
教你流口水的果果糖。

你把这话告诉那条姜饼狗，
他只大声汪汪叫不停，
弄得巧克力猫立马不安生，
浑身胀鼓鼓就是证明。
那猫四处里跳跃翻腾，
这根枝上，那条梢下，
就这样糖果落地，来回滚动——
巧克力猫谢谢你，乌拉！

果汁糖、口香糖和胡椒薄荷棒糖，
裹着红色和金色的条条，
只要你的围裙能装下，
尽可带走这笔落下的财宝！
来吧，小宝宝，来我身边睡觉，
穿上白睡衣，戴上漂亮的小睡帽，
摇啊摇，我带你去睡眠城，
在花园里把糖果树找到。

———尤金·费尔德

决　斗

方格布狗和花棉布猫，

坐在桌子上，面对面瞧；

这会儿十二点半，（你猜怎么着！）

这俩家伙谁都没睡觉！

那只中国瓷盘和那面老荷兰钟，

一准儿知道什么事情要发生，

肯定要来场可怕的争吵。

（我不在场，只是把这件事说明，

这原是那瓷盘向我讲的事情！）

方格布狗先嚷道："汪汪汪！"

花棉布猫回答他："喵喵喵！"

碎片满天撒，一个时辰过去了，

一会儿方格布飞，一会儿花棉布飘，

老荷兰钟站在壁炉旁边，

用手指紧捂着自己的脸，

因为它总是害怕家里人争吵！
（我只是告诉你，听好哟：
老荷兰钟说的话要记牢！）

那瓷盘看上去脸色青又蓝，
大叫："亲爱的，我们该怎么办！"
可是方格布狗和花棉布猫，
又是翻腾啊，又是蹦跳，
不是用牙，就是用爪，
那样子看着真是可怕——
唉，一只狗一只猫，闹得不可开交！
（别以为我是在夸张——
这都是瓷盘对我这样讲！）

第二天早晨，人们找来找去
已经没了猫狗的踪迹；
直到今天还有人认为，
是来了盗贼偷走了这一对！
不过真实的情况是这样：
猫和狗各自吃掉了对方！
对这件事情你怎样想！
（老荷兰钟就这样对我说，

我后来知道的就这么多。）

——尤金·费尔德

小桃子

小桃子长在果园里，
小桃子青翠又碧绿；
露珠滋润，沐浴阳光，
小桃子生长。

有一天，小桃子遇见，
琼尼领着苏妹妹，
他们穿过了果园——
兄妹一对。

他朝小桃子丢根棍，
桃子从树上往下滚，
青翠碧绿的桃子落地——
我的上帝！

她咬一口，他也来吃，
好啦，这下麻烦开始，
医生也没法治好病——

这事当真!

雏菊生长的草地下,
人们安葬了兄妹俩,
俩灵魂向天使飘飞——
真让人心碎!

阳光曛暖、露水润湿,
碧绿的桃子是咋回事?
它已完成地上的使命——
告别辞行!

——尤金·费尔德

小精灵人

有一次我遇见小精灵人，
在百合绽放的叶梢。
我问他为什么不长大，
个子总是这么小。

他轻轻皱起眉，用眼睛
把我瞧了又瞧——
说道："就像你的个子适合你，
我的个子适合我，正好！"

——约翰·肯德里克·班斯[1]

---

[1] 约翰·肯德里克·班斯（John Kendrich Bangs，1862—1922），美国作家、幽默家、编辑。

百合公主

从她精致的顶端

百合公主轻轻地抛下

一根缥缈的蜘蛛丝线。

——佚　名

早晨好，快乐的阳光

早晨好，快乐的阳光，

你怎么醒来这样快？

你把小星星们吓跑，

又照得月亮躲起来；

昨晚我见你去睡觉，

那时我还在做游戏。

你曾待在什么地方，

怎么又来到了这里？

亲爱的，我从没去睡觉；

只是到各处去走一遭，

看看东方的孩子们，

他们起来要把我寻找。

路上我叫醒小鸟和蜜蜂，

又叫朵朵花儿也起个早，

最后去叫醒小小孩儿——

他们玩得很晚不睡觉。

——佚　名

树

橡树是树中的大王，
山杨在轻风中摇荡，
杨树长得高大笔直，
梨树沿墙伸展树枝，
西克莫树荫凉爽怡人，
沼泽地里柳树垂下身，
冷杉做木料很有用，
山毛榉住在森林中。

——萨拉·柯尔律治 [1]

---

[1] 萨拉·柯尔律治（Sara Coleridge，1802—1852），是著名诗人塞缪尔·泰勒·柯尔律治的第四个孩子，也是他唯一的女儿。她为自己孩子创作的诗和童话故事广受好评。

月 份

一月的雪花飘飘洒洒，
染白了我们的手指和脚丫。

二月有雨水滴滴答答，
将冰冻的湖水再次融化。

三月刮来呼啸的大风，
吹得水仙花来回舞动。

四月里可爱的报春花绽放，
雏菊盛开在我们的脚旁。

五月一群群羊羔咩咩叫，
围着毛茸茸的妈妈蹦又跳。

六月有郁金香、玫瑰和百合，
孩子们手拿花儿一朵朵。

炎热的七月有阵雨清凉，
杏子和紫罗兰伴在身旁。

八月带来一束束稻谷，
庄稼全都装进了粮库。

温暖的九月满树果实，
射击比赛就这样开始。

清新的十月迎来野鸡，
采集坚果心里好欢喜。

沉闷的十一月吹来阵风，
落叶急速地旋转不停。

寒冷的十二月下雨又夹雪，
火炉烧得旺，迎来圣诞节。

——萨拉·柯尔律治

大山和小松鼠（存目）①

---

① 作者拉尔夫·沃尔多·爱默生（Ralph Waldo Emerson，1803—1882），美国文学家、思想家、诗人，是确立美国文化精神的代表人物。他坚决主张建立独立的民族文化与文学，宣扬新大陆的精神独立。他以《美国学者》为题的著名演讲辞被誉为美国思想文化领域的"独立宣言"。全诗见此套译文集中《美国诗选》。

他们怎样睡觉

有些动物睡觉的样子真有趣：
小鸟把脑袋缩起来，一条腿站立。

小鸡也站着歇息，像鸟儿一样。
小耗子静静地躺着，像进了教堂。

小猫蜷缩成一只好玩儿的球。
马站在马厩里，垂下困倦的头。

小狗有时伸爪子，有时缩一团。
奶牛要睡觉就侧着身子躺一边。

而可爱的小宝贝舒服地裹紧被，
毛毯暖和又轻软，有枕头枕着睡。

小鸟、小兽和宝宝——他们中哪一位

坠落到梦之乡啊，做梦最甜美！

——佚　名

池塘里的四只鸭

青草坡的那一头，

四只鸭子池塘游，

春季的天空蓝又蓝，

朵朵白云飞向前；

这样的景象很平常，

很多年来都没忘——

想起它就泪汪汪！

——威廉·阿林厄姆①

---

① 威廉·阿林厄姆（William Allingham，1824—1889），爱尔兰诗人。他创作了大量的抒情诗、叙事诗，诗中充满了民族情感和地方特色，风格清新优美。

小仙人

登上高高的大山，
走下灯芯草的谷地，
我们不敢去打猎，
生怕跟小人儿相遇。
小仙人，好仙人，
出行总是爱结伴；
红帽子，绿衣衫，
猫头鹰的羽毛插两边。

沿布满岩石的海滨，
住着一些小仙人。
他们吃松脆的煎饼，
用黄色的潮水沫做成；
有些住在芦苇丛，
在山下黑色的湖滨，
青蛙是他们的看门狗，

整夜不睡睁眼睛。

——威廉·阿林厄姆

秋千歌

荡啊，荡，

唱啊，唱，

噢！我的宝座呀我是国王！

荡啊，唱，

唱啊，荡，

再会啊，大地，我长上了翅膀！

向低荡，向高荡，

我在飞翔，

像鸟儿飞到阳光明媚的蓝天上；

自由，奔放，

越过草场，

越过高高的山岗，越过大海洋！

向上晃，

向下晃，

哪条路通向伦敦大地方？

哪方？哪方？

在天空上，

闭上你眼睛就到了那城邦！

快上，快上，

已经过晌午，

越过太阳下山岗，越过月亮；

远航，远航，

跨过沙河浜，

从星星到星星把天空来扫荡！

不忙，不忙，

向下荡，向下荡，

用脚尖扫过雏菊篱笆墙，

慢慢荡，慢慢荡，

一来又一往，

慢着——慢着——慢着——停当。

——威廉·阿林厄姆

确　定（存目）①

---

① 作者艾米莉·狄金森（Emily Dickinson，1830—1886），19 世纪美国女诗人。生前只发表过几首诗作，其 1700 多首诗作都是在她故去之后才出版，并为世人所知。狄金森的诗主要写生活、自然、生命、信仰、友谊、爱情等。其诗风凝练简约，意象清新，描绘真切而精微，诗中的思想深沉、凝聚力强，极富独创性。全诗见此套译文集中《狄金森诗选》，原题为《我从未见过荒野》。

门　第

蜂蜜甜又香
不是蜜蜂好；
无论何时，蜂蜜优良，
因为源于三叶草。

——艾米莉·狄金森

一只鸟

一只鸟落到小径上，
不知道我看见了他；
一口将蚯蚓啄成两段
将它生吃，吞下。

然后，他喝一口身边
草丛中的露珠，
蹦跳着侧身来到墙根
给金龟子让路。

——艾米莉·狄金森

秋　天

清晨比从前更加温和，
坚果都变成棕色；
浆果的脸颊更圆润，
城外有玫瑰一朵朵。

枫树戴上艳丽的围巾，
大地穿上鲜红的长衫。
唯恐我的穿戴太古板，
我也把小项链挂在胸前。

——艾米莉·狄金森

摇篮曲

金灿灿的睡眠亲吻你们的眼睛，
微笑将你们唤醒，你们就起身。
睡吧，可爱的小淘气，不要嚷，
我来给你们唱一支摇篮曲，
摇啊摇，摇到你们睡得香。

照料你们很费心，快快睡觉；
是麻烦，却要将你们照料好。
睡吧，可爱的小淘气，不要嚷，
我来给你们唱一支摇篮曲，
摇啊摇，摇到你们睡得香。

——托马斯·德克 [①]

---

① 托马斯·德克（Thomas Dekker，1572—1632），英国文艺复兴时期剧作家、诗人。

老　狗

老狗，

你为什么静静地躺着？

是不是在想你还是小狗的时候？

你是不是还想当一只小狗？

老狗，

你为什么静静地躺着？

你是不是想起了你的妈妈？

是不是想妈妈来身边陪伴？

老狗，

你为什么静静地躺着？

你一定梦见了小时候的时光。

你一定害怕就这样死亡。

老狗，

你为什么静静地躺着？

你是不是再不会醒来?

你真的是再不会醒来?

——安·柯维茜①

---

① 生平不详。

蚱蜢和大象

一路走着到南方，香蕉满树长，
一只蚱蜢爬到大象脚趾上。
大象两眼泪汪汪，开口说道：
"去和跟你一样小的玩闹。"

——佚　名

猫头鹰和小猫咪（存目）①

---

① 作者爱德华·里亚（Edward Lear，1812—1888），英国风景画家、诗人。全诗见此套译文集中《英国历代诗歌选（下）》。

有个老头儿胡子好长

有个老头儿胡子好长。

"我就怕这样的事！"他说，

"一只母鸡，两只猫头鹰，

一只鹪鹩，四只小百灵，

都在我的胡子里造窝！"

——爱德华·里亚

出　航

我看见一条船出航，出航，出航，
我看见一条船出航，向海洋，向海洋；
船长靠在围栏旁，围栏旁，围栏旁，
向我挥手告别的是靠着围栏的船长。

我看见一条船向前划，向前划，向前划，
我看见一条船向前划，从大海划到了家；
我听见钟声叮当响，叮当响，叮当响，
我听见钟声叮当响，船儿回到了我心房。

——佚　名

岩　石

我亲爱的朋友告诉我，
海岸边的一块矮石旁，
长出了一棵麝香草，
还有一簇艾菊在开放。

——佚　名

岸边飘来海之歌

嗨呀哈！
出航啦！
划呀，划呀，划！
遥远的大海上，
是谁在向我喊？
是个男孩小不点儿大！

出航啦！
嗨呀哈！
水手出航向大海：
我盼着他能捕抓
一匹小小的海马
送给我，把它带回来。

我盼着，他的航行
穿过热带的旋风，
再给我逮一只海鸟，
长着银色的翅膀，

还会把歌儿来唱，

胸口沾着露水有绒毛！

我盼着他能捕获

小美人鱼带给我，

他登上一个小岛屿，

美人鱼的卷发甩水滴，

她戴着珍珠的王冠，

一面玻璃镜握在她手里！

嗨呀哈！

出航啦！

出航去向大海洋！

我若是水手一名，

就和你一起航行，

虽然我从没挂帆回家乡！

——詹姆斯·惠特科姆·莱利①

---

① 詹姆斯·惠特科姆·莱利（James Whitcomb Riley，1849—1916），美国诗人、畅销书作家，以印第安纳州方言诗和儿童诗闻名。他的诗幽默诙谐、情感丰富。

俩极端

从前有个小男孩，玩起来闹哄哄，
吵到了天上云中的雷公公，
他说："既然没人听见我，那么，
我就再也不，再也不打雷了！

从前有个小女孩，总是安安静静，
她听见落在窗台上的飞蝇
轻声和瓢虫说起悄悄话儿：
"她是我遇到的最最安静的小丫！"

——詹姆斯·惠特科姆·莱利

押 ang 韵

国王召见所有聪明的大臣，
让他们作诗押 ang 韵。
大臣们绞尽脑汁想了又想，
过了好半天还是押不上，
"对不起，"国王说，"白忙活一场。"

——詹姆斯·里弗斯 [1]

---

[1] 詹姆斯·里弗斯（James Reeves，1909—1978），英国作家，以诗歌、戏剧、儿童文学创作闻名。同时他也是一位文学评论家。

三月的一天

三月的一天，我走在路上，
在开花大街的尽头里，
一阵玩闹的风儿飞扬，
刮得我飘起来，两脚离地。

——英国歌谣

一条蜈蚣

一条蜈蚣整天乐呵呵，
直到一只青蛙逗她说：
"哪条腿在后，哪条腿在先？"
这问题可真让她作难，
她待在沟里心烦意乱，
琢磨着该抬哪条腿跑向前。

——佚　名

风　筝

我常常坐在那里幻想，
想成为风筝高飞在天上，
乘着轻风四处漂游，
无论去到什么地方。
这样，我就能远眺城池，
俯瞰河水蜿蜒流淌，
跟着像我一样漂游的船队，
迎着快乐的风儿去远航，
最终，我们停下脚步，
一同来到异国他乡。

——弗兰克·邓普斯特·舍曼 ①

---

① 弗兰克·邓普斯特·舍曼（Frank Dempster Sherman，1860—1916），曾任美国哥伦比亚大学建筑学院制图学教授，创作过一些脍炙人口的诗作。

雏 菊

夜晚我上床去睡觉，
见星星在头顶闪耀；
那是白色的小雏菊，
装点着夜空的草地。

我常做这样的美梦，
看到月亮跨过天空；
月亮姑娘和善美丽，
来把雏菊采摘收集。

每当我在早晨醒来，
天上没一颗星星在；
她把采来的向下抛洒，
城里草地上开满鲜花。

——弗兰克·邓普斯特·舍曼

木 匠

拉锯，拉锯，拉大锯，
锯木板，锯木料，
拉锯，拉锯，拉大锯，
今天我们来把房子造。

——佚 名

盛奶罐（小猫的话）

温和的盛奶罐，一身蓝白条，
我一见她就心欢；
她自己就把牛奶往外倒，
倒满我的早餐盘。

她整天坐在架子上，
也不爬，也不跳——
静待着把自己倒出来，
让我晚餐吃个饱。

罐里的牛奶全倒空，
我也不会喵喵叫，
好心的奶牛白又红，
又把奶罐装满了。

——奥利弗·赫福德①

① 奥利弗·赫福德（Oliver Herford，1863—1935），美国作家、插图画家、艺术家，被人称作"美国的奥斯卡·王尔德"。

小精灵和睡鼠

蘑菇下面有一个小精灵，
他在那里躲暴雨，避狂风。

蘑菇下面有一只肥睡鼠，
在那里缩成一团睡得熟。

小精灵很害怕，直发抖，
要飞走，又担心全身会湿透。

要去下一个庇护所——一英里远！
小精灵忽然微笑闪一闪。

猛力拔呀直到蘑菇被折断，
他头上顶蘑菇，心里多喜欢。

很快飞回家，身上爽又干，
很快睡鼠醒了——"我的老天！

蘑菇哪儿去了？"他伤心地大喊。

人们就这样发明了第一把雨伞。

——奥利弗·赫福德

蜗牛的梦

蜗牛好像有一种本领，
能做稀奇古怪的梦，
有一回他做梦——你绝对猜不着！
梦见了闪电特快列车在飞跑。

——奥利弗·赫福德

选一只小猫咪

黑鼻头的小猫整天睡不醒，
白鼻头的小猫总是玩不停，
黄鼻头的小猫一叫就答应，
灰鼻头的小猫最让我开心。

——佚　名

我有只小狗

我有只小狗，会坐着乞食讨饭，
可他翻滚下楼梯，把小腿摔断。
小狗啊，我来看护你，养好伤，
给你戴项圈，配个小小银铃铛。

小狗啊，你是不是应该很忠实，
有我这样一个好朋友来安慰你。
等你的腿好一些，就能玩闹跑跳，
我们在田里追逐，看人们晒干草。

可是，小狗，你必须答应守诺言，
不要惹恼羊羔，跑进羊群里撒欢；
要保证不乱摇尾巴，轻轻过草地，
别吓着在草丛中做游戏的小黄鸡。

——佚　名

小鸟儿说些什么?

在窝里，在黎明时刻，
小鸟儿说些什么?
"让我飞，"小鸟这样说，
"妈妈，让我飞出窝。"
"小鸟啊，你稍等莫急，
等翅膀长得更结实。"
于是，她稍稍等待，
然后便飞出巢外。

在床上，在黎明时刻，
小宝宝说些什么?
像小鸟，宝宝说道:
"我要起来，要飞跑。"
"宝宝啊，你睡着莫急，
等手脚长得更结实。"
只要她再睡一晌，

宝宝就飞奔出房。

——阿尔弗雷德·丁尼生 [①]

橡 树

孩子和老人，
活得要精神，
就像那橡树，
熠熠迎新春，
浑身一片金。

夏天——叶茂枝繁，
渐渐，渐渐，
秋天——变了样，
色泽——更清淡，
又一次金灿灿。

他满身的叶子，
最终落一地，
看啊，他站着，
树干和树枝，
光秃秃，多么有力。

——阿尔弗雷德·丁尼生

轻又低（存目）^①

---

① 见此套译文集中《英国历代诗歌选（下）》，原题为《催眠歌》。

五月女王

亲爱的妈妈，你可一定叫我早起床，早起床；
明天将是欢乐的新年中最快活的时光。
整个欢乐的新年里，这日子最快乐，最疯狂，
因为，妈妈，我就要当上五月女王，五月女王。

——阿尔弗雷德·丁尼生

鹰（存目）①

① 见此套译文集中《英国历代诗歌选（下）》，原题为《鹰：断片》。

猫头鹰

猫儿回家，晨光来临，
冷冷的露水落在大地上；
远方的溪水静无声，
打转的船儿把帆扬；
钟楼上栖息着白羽猫头鹰，
独自沉思它的智慧和本领。

快活的挤奶姑娘咔嚓打开门，
新割的干草香味真好闻；
屋檐下公鸡高唱直打鸣，
唱了一遍一遍唱不停；
钟楼上栖息着白羽猫头鹰，
独自沉思它的智慧和本领。

——阿尔弗雷德·丁尼生

明妮和温妮

明妮和温妮
睡在一个螺蛳壳里。
睡吧，两个小姑娘！
她们睡得很安逸。

粉色在螺蛳壳里，
银色在螺蛳壳外；
大海的哗哗声浪
滚过去又滚过来。

睡吧，两个小姑娘！
别很快就睡醒！
回声追回声，直追到
月亮那里就消隐。

两颗灿亮的星星
窥视到螺蛳壳里。
"小姑娘梦见了什么？

谁能告诉你？"

绿羽毛的朱顶雀

已经飞出了菜畦；

醒来吧，小姑娘们！

太阳已高高升起。

——阿尔弗雷德·丁尼生

骑扫帚训练

当心！当心！小子们！让开道！

巫师们来了！他们全都回来了！

他们悬在高空。没用！没用！

巫师怎会在意刽子手的绞绳？

他们深埋了自己，可仍不愿撒谎，

因为猫咪和巫师很难被杀光；

他们发誓不该死，不愿死——

书上说他们死了，可那是扯谎！扯谎！

——奥利弗·温代尔·霍尔姆斯[1]

---

[1] 奥利弗·温代尔·霍尔姆斯（Oliver Wendell Holmes，1809—1894），美国医生、诗人、教授、演讲者，"炉边诗人"之一。他被同时代的人们看作是他那个时代最优秀的诗人之一。"早餐桌"系列是他著名的散文作品。1830 年开始诗歌创作，获得成功。

给一只昆虫

从你的叫声，纺织娘，
我知道你是只母虫，
尖声的鸣叫在颤动，
刺耳而又任性；
我想在你的气管下
一定有个硬疙瘩——
老姑娘纺织娘的疙瘩，
纺织娘是不是也喝茶？

——奥利弗·温代尔·霍尔姆斯

咯咯嗒母鸡

"今天，你想不想和我
一起散步，我的小妻子？
大麦田里有些麦粒，
干草堆里有草种子。"

"谢谢啦，"咯咯嗒母鸡说，
"我还有别的事情忙，
要坐在蛋上孵宝宝，
就不能和你四处逛。"

咯咯嗒母鸡蹲在窝里，
她把窝做在草堆上；
胸脯下面温暖又舒适，
一打鸡蛋在那儿躺。

噼啪！噼啪！蛋壳都碎啦！
一只只小鸡滚出来。
"咯咯嗒！"母鸡妈妈叫。

"现在我有一群小小孩。

快来吧，我的鸡宝宝，

我要带你们去散步。"

"你好！"公鸡打招呼。

"喔喔喔，喔喔喔！"

——佚　名

别拖拉

一旦开始做件事，
别拖拉，直到做完。
事情不论大小，
都要做好，否则别干。

——佚　名

月亮船

在浩瀚的天空海洋，
一条月亮船，
乘着升腾的云波浪，
一路滑行，
穿越群星森林往前闯。

——日本歌谣

夜晚的祝福

晚安，

酣眠，

晨光，明快，

愉快地醒来。

只要力所能及，

把好事做起来。

——佚　名

鱼 龙[1]

从前有一条鱼龙，
在他的时代地球上到处是洞，
第一次听到自己的大名，
他便羞得一阵眩晕，
在我们面前消失得无影无踪。

————佚 名

---

[1] 鱼龙是古代一种大型海栖爬行动物，类似鱼和海豚，在侏罗纪最繁盛。

筑巢鸟的规矩

知更鸟，红胸鸟，

知更鸟和鹪鹩；

你若从它们窝里掏小鸟，

这辈子就别想过得好！

知更鸟，红胸鸟，

圣马丁鸟，小燕子；

你若去碰它们的蛋，

一定会倒霉一辈子！

——佚　名

尼日尔的年轻太太

从前有个尼日尔的年轻太太，
笑呵呵地骑上了一头老虎；
溜达一圈返回来，
太太进了老虎肚，
老虎笑呵呵，一脸的自在。

——佚　名

微 风

微风，吹过了山岗，

微风，吹过了旷野，

微风，吹来了阳光，

微风，吹走了雨水。

——佚　名

十二月二十四日

厅堂里的钟慢慢地滴答响，响滴答，
长长的时辰慢慢爬，慢慢爬；
好像今天这一天
总也过不完；
厅堂里的钟啊，磨磨蹭蹭慢——慢——爬。

——佚　名

雪　花

来自大气的胸底，
来自衣衫抖动的云团，
覆盖棕色的空旷林地，
遮掩被割过的光秃稻田，
宁静，轻柔，缓慢，
雪花飘落来人间。

——亨利·沃兹沃斯·朗费罗①

---

① 亨利·沃兹沃斯·朗费罗（Henry Wadsworth Longfellow, 1807—1882），美国诗人、翻译家，"炉边诗人"之一。他出生于美国缅因州的波特兰市，在波士顿坎布里奇逝世。在他辞世之际，世人将他视为美国最伟大的诗人。其声誉与丁尼生并驾齐驱。人们将他的半身像安放在威斯敏斯特教堂的"诗人角"，在美国作家中他是第一个获此殊荣的人。他著名的作品有《夜吟》《奴役篇》《伊凡吉林》《海华沙之歌》等。

圣诞钟声

我听见圣诞节那天钟声响，
把古老、熟悉的圣诞歌来唱，
激昂又动听，
一遍遍唱不停，
歌唱美好的愿望，大地的和平。

想想吧，这个日子已光临，
座座钟楼里全是信徒们，
钟声叮当响，
歌声多悠扬，
歌唱大地的和平，美好的愿望。

直到钟声，歌声，不住地行进，
世界转动着，从黑夜走向黎明，
歌声、钟声，
颂歌多神圣，
歌唱美好的愿望，大地的和平！

——亨利·沃兹沃斯·朗费罗

一天已结束

一天已结束，黑暗
从夜晚的羽翼降临，
如同一根羽毛飘落，
自一只飞翔的山鹰。

我看到村庄里的灯光
闪烁，穿过雾和雨，
一种哀愁的心绪袭来，
我的灵魂无法抗拒。

一种愁绪，一种渴望，
这心绪不同于痛苦，
只仿佛像一丝悲伤，
如同雨就像是雾。

来吧，给我读一首诗，
那朴实而动人的诗句，
将抚慰不安的心绪，

将白天的忧思抛弃。

不必是古代大师的手笔，
或吟游诗人的壮丽诗行，
他们遥远脚步的回声
穿过时代的回廊而震荡。

因为，好似战歌的旋律，
他们非凡的思想表明
生活中永久的艰辛和努力；
而今晚，我渴望安宁。

读个普通诗人的诗作吧，
他的歌声涌出心扉，
像夏季云中洒下的阵雨，
或明眸中滚出的泪水。

经历过漫长劳作的白天
和无法安歇的黑夜，
他仍旧聆听着灵魂中
那美妙动人的音乐。

这样的歌有一种力量，
将焦躁的心绪抚平，

如同在做过祈祷之后
感恩之心悄然来临。

从一些珍藏的诗卷中，
你选些诗篇读一读，
将你那美妙的嗓音
赋予那诗行的音律。

这夜晚将充满乐音，
侵扰日间的一切烦忧，
像阿拉伯人，都卷起了帐篷，
一声不响地溜走。

——亨利·沃兹沃斯·朗费罗

乡村铁匠

有一个乡村铁匠铺，
在繁茂的栗子树下面；
铁匠是威猛的高个子，
一双手宽大而强健；
那臂膀粗壮而结实，
好像铁打的一般。

那黑发卷曲而修长，
他的脸黝黑闪亮；
额头上是诚实的汗水，
倾力为生计而奔忙；
他直面这大千世界，
不欠任何人的账。

——亨利·沃兹沃斯·朗费罗

夏天的雨

那雨呀，多么美妙！
把烟尘和炎热扫荡，
下到宽敞火烫的街上，
下到狭窄的里巷。
那雨呀，多么美妙！
大雨落屋顶噼噼啪啪，
好似马蹄声踢踢踏踏！

大雨仿佛从满溢的喷泉
喉咙口挣扎着喷冒而出！
大雨穿过窗棂
倾注啊，倾注；
到处，迅速，
连带着泥污，
像条河沿着排水沟怒吼，
那雨，欢迎啊，拍拍手！

——亨利·沃兹沃斯·朗费罗

圣诞节的问候

唱啊！唱啊！
圣诞节到啰，
两束槲寄生和冬青，
为了友情而闪烁，
冬天的雪花纷纷落，
我们大家多么快乐。

——儿　歌

圣诞壁炉歌

我们欢快地歌唱，
圣诞节已经到来，
一年中所有的日子，
这一天我们最爱。

带来了冬青树，
礼物盒和月桂枝，
去装点我们的茅屋，
为了这快乐的节日。

我们欢快地歌唱，
靠近炉火旁，
兄弟姊妹在一堂，
祖孙欢聚喜洋洋。

——英国民谣

往昔的圣诞节

堆起更多的木柴！寒风要来到！
让寒风尽情呼啸，
我们要让圣诞节充满欢笑。

——沃尔特·司各特[1]

---

[1] 沃尔特·司各特（Walter Scott，1771—1832），英国著名的历史小说家和诗人，生于苏格兰的爱丁堡。他以苏格兰为背景的诗歌广为流传。司各特还创作了大量历史小说，为英语历史文学的一代鼻祖。他逝世后，浪漫主义时代随之结束。

圣诞老人和耗子

一次圣诞节，圣诞老人
来到一座房子前，
刚把孩子们的袜子装满，
一只小耗子被他发现。

"圣诞快乐，小朋友。"
圣诞老人和蔼地说道。
"圣诞快乐，先生。"耗子回答，
"假如今晚我不睡觉，
我守在你身边不走远，
我想你一定不介意。"
圣诞老人微微笑，开口道：
"小耗子，非常欢迎你。"

小耗子还来不及眨眼，
袜子已装得满满当当——
从口到底，从下到上，
没有一点儿空地方。

"别的东西再也装不下，"
圣诞老人满心骄傲。
小耗子眼睛闪了一闪，
彬彬有礼地回答道：
"要是我的话跟您唱反调，
我求您原谅我的失礼，
只是在装满礼物的袜子里
我还能塞进一件东西。"

"呵呵！"圣诞老人笑着说，
"傻耗子，我能不懂装袜子？
我可是装了这么多年，
这招儿我还有两下子。"

随后，圣诞老人抬起手，
拿下高高挂着的袜子，
说道："把你那件东西放进去，
我给你机会试一试。"

小耗子，暗中窃笑，
轻巧地溜进袜子中，
直溜到满满的袜子尽头，
一口咬出个小洞洞！

"现在，您请看，圣诞好公公，

我又加进了一件东西，

这样你就有了这小洞，

从前你可没有这玩意。"

圣诞老人哈哈大笑！

他愉快地开口说道：

"为了你这善意的小玩笑，

你会得到一块奶酪！"

如果你不相信这是真的，

那好吧，我就让你瞧瞧，

这只袜子上的小洞洞，

就是小耗子的功劳！

——艾米莉·普尔松 ①

---

① 艾米莉·普尔松（Emilie Poulsson，1853—1939），美国儿童文学作家，早期儿童教育和幼儿园运动的活动家。

愚人节

有人说，四月的第一天
是全体愚人的节日，
可这天为啥这么叫，
我和他们都全然不知。

——英国旧年历

甜豌豆

这些甜豌豆，踮起脚，想要飞翔，
微微红润的羽翼立在嫩白之上，
尖细的指头把触到的一切都抓牢，
一个个小圆圈将它们四周缠绕。

——约翰·济慈[1]

---

[1] 约翰·济慈（John Keats, 1795—1821），杰出的英国浪漫主义诗人。他才华横溢，在短暂的一生中创作出多首不朽的诗篇，如《夜莺颂》《希腊古瓮颂》《恩弟米安》等。他的诗追求永恒的美，他在诗中表达真实而复杂的情感，并将其与自然完美结合起来。

有一个淘气的男孩（存目）[1]

---

① 见此套译文集中《济慈诗选》。

桥　头（《我踮脚站在小山岗上》节选）

河水沿河湾多么安静地流淌，
没有发出一丁点儿细语声响。
柳条在河上悠悠荡；绿草茵茵
慢慢地飘过光影交错的树荫。

——约翰·济慈

蛤蟆"呱呱"叫

蛤蟆"呱呱"叫。"我想我很饿。
今天，我可是没吃也没喝。
我要爬进花园，再跳过围栏，
那儿有鼻涕虫和蜗牛，我要来顿饱餐。"

青蛙"呵呵"笑。"你真这么想？
那我就跳到附近草地小溪旁。
有蚯蚓和鼻涕虫，我也去吃点喝点，
像你一样，来一顿饱餐。"

——老花园歌谣

天　鹅

天鹅游泳很自在——
游过去，游过来；
游了一遍又一遍，
悠哉啊游哉。

——佚　名

去观察蚂蚁吧

去观察蚂蚁吧，你这懒惰的人；
想想她的行为，就会变得聪明：
没有人给她引路，
没人监督，没人命令，
她尚能在夏天预备果实，
在丰收时将食物聚集。

——《箴言集》

蟋蟀老太太

蟋蟀老太太，家住灌木丛，
养大九只小家伙，都很棒——
奇特的小子，头戴亮黑帽，
穿着合身的棕色衣裳。

"我的孩子们，"她说道，
"鸟儿们都已经睡觉，
去吧，让昏暗的大地充满欢笑！
尽力放开歌喉！"
接着她开始鸣叫，
直到他们的音乐会齐声鸣奏！

他们欢快得四处跳跃，
整个夜晚都歌声不绝，
歌声唱道："乐啊，乐啊，乐！"
蟋蟀老太太，

丛林里住下来，

直到黎明她都醒着听唱歌。

——佚　名

男孩的歌（存目）①

---

① 作者詹姆斯·霍格（James Hogg，1770—1835），英国诗人，早年以牧羊为业，开始写作生涯后，以"艾特里克森林牧羊人"知名。代表作有《女王在守候》《男孩的歌》。全诗见此套译文集中《英国历代诗歌选（上）》。

顺口溜

一

一、三、五、七、九，
抓住老虎脚指头，
要是他大吼，赶紧让他走，
一、三、五、七、九。

二

一只猫儿出门走，
一只耗子出门溜，
一个姑娘跟在后，
绿色帽子戴上头。
Y，O，U，拼个 YOU；
O，U，T，拼个够！

三

一个土豆俩土豆，
三个土豆还不够；

四个五个加六个，

七个土豆不算多。

四

一、二、三，你是安，

菲利普、尼古拉斯和约翰，

当女王，

去远航，

一个个名字叫得忙。

五

棒子、小麦和稻谷，

苹果种子苹果树，

藤蔓、石楠和羊毛，

三只大鹅全飞跑。

一只东奔，一只西跳，

一只飞过杜鹃的巢。

——佚　名

蜜　蜂

有一个小小的绅士
穿着一身黄色衣衫；
衣衫下有一把匕首，
能把他的敌人刺穿。

无论在哪里和他相遇，
他都摆出进攻的架势，
如果你对他攻击，
他就用匕首把你猛刺。

　　　　　　　　　　——佚　名

赤脚男孩

祝福你啊，小小年纪，

赤脚男孩，晒黑的面皮！

穿一条马裤，卷边的裤脚，

口哨轻吹，欢快的曲调；

嘴唇红红，尝过了山中

生长的草莓，变得更红；

透过风度潇洒的破帽檐，

阳光照上了你的孩儿脸；

我衷心祝愿你满心欢快，

我也曾一度是赤脚男孩！

——约翰·格林里夫·惠蒂叶①

---

① 约翰·格林里夫·惠蒂叶（John Greenleaf Whittier，1807—1892），美国教友派诗人，积极支持废奴运动，"炉边诗人"之一，深受罗伯特·彭斯的影响。他以创作反奴隶制的作品而闻名，著有长篇叙事诗《大雪封门》（1866）。

霜精灵

他来了，他来了，霜精灵来到了！你追逐他的脚步，
在裸露的林间，在贫瘠的大地，在凋零的褐色山坡。
他击打着老树上的枯叶，那里曾经满是快乐的绿荫，
无论走到哪里，风都跟随霜冻，将枝头的叶子吹落。

——约翰·格林里夫·惠蒂叶

忧郁的猪

有一只猪，独自坐定
在损坏的水泵旁边。
他一天到晚不住地抱怨，
只因他不会跳，不会蹦。
看他来回搓着蹄子哀叹，
石头心肠也会被他打动。

——刘易斯·卡罗尔[1]

---

① 刘易斯·卡罗尔（Lewis Carroll，1832—1898），英国数学家、逻辑学家、童话作家、牧师、摄影师，在小说、诗歌、逻辑、儿童摄影等领域颇有造诣。代表作为《爱丽丝梦游仙境》。他也创作过一些脍炙人口的胡诌诗。

鳄　鱼

小鳄鱼怎样做才能
利用他闪亮的尾巴，
将尼罗河里的流水，
向金色的鱼鳞上倾洒！

他似在开心地咧嘴笑，
灵巧地张开脚爪，
欢迎一条条小鱼儿，
游进他微微笑的下巴。

——刘易斯·卡罗尔

名叫亮闪的年轻姑娘

有位年轻姑娘名叫亮闪，
她穿梭的速度快过光线。
有一天她出发旅行，
踏上了相对①之路程，
结果在前一天夜晚就返还。

——佚　名

---

① 按照相对论，若物质行进的速度超过光速，理论上这个物质的时间会倒流。

安妮的花园

在小安妮的花园里
各种鲜花在开放：
石竹花，木樨草，
还有玫瑰和郁金香。

甜甜的豌豆荚，牵牛花，
一坛蓝色的紫罗兰，
金盏花、翠菊花，
绽放在安妮的小花园。

蜜蜂飞来采花蜜，
蜂鸟也来做游戏；
还有展翅的花蝴蝶，
瓢虫们飞来又飞去。

在各种鲜艳的花儿中，
在明亮快乐的日子里，

她那座可爱的花园啊，

小安妮每天都去做游戏。

——伊莉莎·李·芙伦 [1]

蝴蝶花

太阳高高地升起之前，
蝴蝶花儿全都摇曳绽放，
是天空的颜色，湛蓝。

——日本诗歌

知更鸟的话

知更鸟如何来筑巢？
红胸知更鸟对我说道——
先在巢中整齐地铺好
一束黄色的干草。

然后再铺一些软绒毛，
还有一点苔藓和羽毛，
唱着甜歌将它们编织，
这边那边全都编织好。
知更鸟这样对我说道。

知更鸟把窝巢藏在何处？
红胸知更鸟对我讲述——
在茂密的枝叶深处，
那里阳光很少进入，
叶子此时还不曾闪金光，
亮眼的星星悄悄来观望，

数数鸟宝宝——一只、两只、三只。

知更鸟将这一切告知。

——乔治·库伯^①

① 乔治·库伯（George Cooper, 1840—1927），美国诗人，以创作抒情歌词而闻名，其歌词大多由被称作"美国音乐之父"的斯蒂芬·福斯特（Stephen Foster）谱曲。他还将德国、俄罗斯、意大利、法国、西班牙等国家的歌曲翻译成易于歌唱的英文歌词。

二十只小青蛙

二十只小青蛙去上学，
一个个向青草池塘一跃。
瞧啊，二十件外衣绿莹莹，
二十件背心又白又干净。

他们说："我们一定要守时，
先学习，学完了才能做游戏；
我们到青蛙学校去上课，
必须遵守这一条规则。"

牛蛙老师，勇敢又威严，
轮到他时他就来执教鞭，
他教小青蛙们努力用功，
要学会跳跃，学会俯冲。

教他们怎样躲开棍子，
避开坏孩子掷来的树枝。
二十只小青蛙很快长大，

最后他们会变成大牛蛙。

他们都修习得极其文雅，
理该如此呀，每只小青蛙。
他们在另一块圆木上坐好，
对其他小青蛙谆谆教导。

——乔治·库伯

只有一个亲娘（存目）^①

---

① 见此套译文集中《美国诗选》。

三棵小树

有一天，轻风向
快乐的苹果树透露
一个小小的秘密，
它甜蜜可爱无比。
轻风告知了苹果，
苹果转达给李子，
李子又传递给鸭梨：
"知更鸟已来到这里。"

——佚　名

金盏花怎样变黄

爱嫉妒的姑娘有时就这样，
她们在这里生活，居住，
变成了鲜花，还仍然
呈黄色，表明那是嫉妒。

——罗伯特·赫里克①

---

① 罗伯特·赫里克（Robert Herrick，1591—1674），英国17世纪"骑士派"诗人之一，主要写宫廷生活和骑士的荣誉感，宣扬及时行乐。他也写有不少清新的田园抒情诗和爱情诗。

玫瑰怎么会变红

据说，丘比特在诸神中间
跳舞，不慎把仙浆倒翻，
仙浆洒到白玫瑰身上，
白玫瑰从此变得红艳。

——罗伯特·赫里克

爱斯基摩人的划子

我乘着大海的波浪起航，
无论雨雪，无论风霜：
爱斯基摩人何所畏惧？
乘着小划子，投矛，划桨，
我滑行于翻滚舞蹈的巨浪。

周围的海鸟飞舞翱翔；
热爱大海的怒吼，像我一样。
有时，漂浮的冰山在我头上
闪光，带着融化的冰水流淌；
有时，奔腾的巨浪落下来，
一股脑将我的划子覆盖。

可我怎会惧怕海浪的冲击？
我奋力划桨，把稳小划子，
快速地平衡它的重量，
掠过水面，驶向远方。

——佚　名

托 尼

在荒芜贫瘠的雪地上
传来呼唤一声声：
"托尼啊！你要去哪里，
在这寒冷的清晨？"

"我去找流淌的酒河，
去找面包岗和蜂蜜山。
那里国王和王后关心穷汉，
穷人们都会有金钱。"

——柯林·弗朗西斯 [1]

---

① 生平不详。

洋娃娃散步

我带着洋娃娃去散步，
还没走到大门口，
她就把鞋子全踢飞，
很快就失掉了朋友。

——佚　名

西　风（存目）①

———

① 作者珀西·比希·雪莱（Percy Bysshe Shelley，1792—1822），英国浪漫派诗人。他的诗歌作品内容丰富，形式多样，气势宏伟，画面波澜壮阔。《寄西风之歌》《致云雀》等诗作已成为传世的不朽名篇。全诗见此套译文集中《英国历代诗歌选（上）》，原题为《寄西风之歌》。

雪 人

从前有一个雪人
在房屋外面站立，
想着要进到屋里，
在地板上跑来跑去；
想靠着壁炉的火光，
让自己浑身暖洋洋；
还想着要去爬上
那铺着白布的大床。
于是它呼唤北风："请你帮我忙，
我整天站在这里，全身都冻僵。"
于是北风来了，把它吹进房，
现在雪人已全无踪影，
地上只剩下一摊泥浆！

——佚　名

狗项圈上的题字

我是殿下大人的狗，家住克佑 [1]，
请问，先生——你主人是啥名头？

——亚历山大·蒲柏 [2]

---

[1] 克佑，伦敦的克佑区，英国皇家植物园所在地。
[2] 亚历山大·蒲柏（Alexander Pope，1688—1744），18世纪英国最伟大的诗人，杰出的启蒙主义者。他推动了英国新古典主义文学的发展。其作品可分为田园诗、讽刺诗、哲理诗及翻译作品。

老歌谣

冬天啊，你快点走，快点走！
你待在这里的日子太长久，太长久。

——佚　名

狂风暴雨之夜

狂风暴雨之夜，
有两只小猫，
开始相互争吵，
打得不可开交。

一只猫抓到老鼠，
另一只没抓着；
就为了这件事，
他们大吵大闹。

"那老鼠是我的。"
大点儿的猫嚷道。
"老鼠是你的？
咱们走着瞧！"

"那老鼠是我的。"
大猫儿直叫喊。
"你别想把老鼠霸占。"

小猫儿才不干。

那老妇人一把
抓起了大扫帚，
把两只猫咪，
扫出了大门口。

寒霜和白雪
覆盖着大地，
这两只小猫咪，
现在无处可去。

他们在门口垫子上
躺下，乱打战，
而那位老妇人
正扫着房间的地板。

这时，他们悄悄溜进，
像老鼠一样小心，
身上被雪水湿透，
冻得像一块冰。

心想在暴风雨之夜，
躺在火炉旁边

可比争吵和打架

更加舒适温暖。

——老歌谣

麦布女王 ①

有个小仙人在夜晚到来，
头发棕黄，眼睛蓝又蓝，
双翼闪烁着银色的亮点，
她拍翅从月亮飞到地面。

她有一根小小的银魔杖，
每当乖小孩上床去睡眠，
她就从右到左将手挥动，
在乖孩子头顶环绕一圈。

然后好孩子就做起美梦，
梦见泉中有游泳的仙鱼，
树上长满了美味的果子，
能随你的意愿弯下树枝。

树荫下到处能闻见花香，

---

① 麦布女王（Queen Mab），爱尔兰和英国民间传说中司掌人类做梦的仙女。

可爱的鲜花永远不凋零；
飞蝇在阳光下闪闪烁烁，
绿萤在树下发光亮晶晶。

小鸟叽叽喳喳口齿伶俐，
一个劲儿唱歌又说书，
机灵小矮人最能指路，
让人穿过仙山和仙谷。

——托马斯·胡德[1]

---

[1] 托马斯·胡德（Thomas Hood，1799—1845），英国诗人，幽默作家。他的作品把哀婉和幽默融为一体，在诗歌语言方面常依赖双关语的效果。其著名的诗篇有《叹息之桥》《衬衫之歌》。

我们把笛子吹起来

我们把笛子吹起来，
在五月，在春天里；
绿色的果子熟得快，
冬天已远远逃离。
女王安坐在海滩旁，
柳条般白嫩，百合般美丽；
大海中翻滚七排浪，
马群疾驰奔腾狂，
沙滩那边钟声响。

——佚　名

野　兽

我是一头狮子，

你是一只棕熊，

在幼儿园的椅子下，

我们各有一个洞；

你一定要嗷嗷叫，叫嗷嗷，

我也要隆隆吼，吼隆隆，

然后——那么——你接着嗷嗷叫，

我也要再吼好几声！

——伊瓦林·斯坦恩 [1]

---

[1] 伊瓦林·斯坦恩（Evaleen Stein，1863—1923），美国诗人、作家、艺术家，以创作儿童文学闻名，一生共创作 12 部儿童文学作品。她出生于印第安纳州的拉法耶特市，并在那里度过了她的一生。

我的小仙人

我要训练一个小仙人，
把它放在架子上，
看它自己洗小脸，
还要自己穿衣裳。
我要教它做规矩，
要它常常说"请你"，
然后，教它缝衣衫，
还得弯膝盖行礼！

——佚　名

别气馁

如果你尝试了，但还没成功，
不要放弃哭个不停；
所有伟大和美好的事情，
都因耐心地尝试而完成。

如果你轻易就被击败，
怎能获得更多的奖励？
从失败中振作起来去取胜，
就是在考验你的勇气。

——菲比·卡里 [1]

---

[1] 菲比·卡里（Phoebe Cary，1824—1871），美国诗人。她的姐姐爱丽丝·卡里（Alice Cary，1820—1871）也是一位诗人，姊妹俩于 1849 年共同发表诗作。

歌

明天是圣瓦伦丁节①，
所有的人一大早起身，
我一个姑娘到你窗前，
来做你的瓦伦丁情人。

——威廉·莎士比亚②

---

① 圣瓦伦丁节，即情人节。
② 威廉·莎士比亚（William Shakespeare，1564—1616），英国文艺复兴时期最杰出的剧作家和诗人，在欧洲文学史上占有重要地位。莎士比亚流传下来的作品包括39部戏剧、154首十四行诗、两首长叙事诗等。

要真诚

对待自己要真诚；

此事持之以恒，

你便不会对别人假意虚情。

——威廉·莎士比亚

谁在敲打我的窗子

"不是我。"小猫回答。
"不是我。"耗子发话。

"不是我。"鹪鹩答话说。
"不是我。"母鸡咯咯咯。

"不是我。"狐狸表白。
"不是我。"公牛跟得快。

"不是我。"潜鸟搭腔。
"不是我。"浣熊跟上。

"不是我。"小兔应声答。
"不是我。"这回是小马。

"不是我。"小狗汪汪叫。
"不是我。"青蛙跳得高。

"不是我。"野兔说得明。

"不是我。"灰熊表心情。

"是我呀，"回答的是雨声，

"轻拍着你的窗棂。"

————A.G. 德明 [1]

① A.G. 德明（A.G.Deming，1856—？），儿童诗作者，与插图画家莫妮卡·威灵顿（Monica Wellington）合作出版了儿童诗集《谁在敲打我的窗子》。

小雨点

小雨点轻轻地噼啪落下，
小雨点轻轻落滴滴答答。
听，那些匆匆路过的行人；
雨滴是来自天上的脚步声！
小雨点轻轻地噼啪落下，
小雨点轻轻落滴滴答答。

——佚　名

雨

大雨倾盆哗啦啦，
玛丽大声叫："老天，
我得穿上我的雨衣，
橡胶套鞋也得穿！"
她全副武装上学校，
圆圆的太阳露出脸，
乐着说"愚人节玩笑！"

——佚　名

五只鸡宝宝

第一只鸡宝宝说，
身子奇怪地扭动：
"哦，我希望我能
找到一只肥虫虫！"

第二只鸡宝宝说，
肩膀奇特地耸一耸：
"哦，我希望我能
找到一只小臭虫！"

第三只鸡宝宝说，
轻轻叹了一口气：
"哦，我希望我能
找到一片绿叶子！"

第四只鸡宝宝说，
轻轻的叫声尖细：
"哦，我希望我能

找到香甜的玉米！”

第五只鸡宝宝说，
声音微弱而悲戚：
“我希望我能够
找到极小的沙砾！”

鸡妈妈说：“来看这里，
花园里有一块绿地，
“你们若想找到早餐，
得到这里挖刨寻觅！”

——佚　名

快乐的羊群

快乐的羊群在整个夜晚
躺在草地上睡得酣甜。

它们的卷毛遮雨挡霜，
直到雨过天晴，升起太阳。

它们不需要解开衣扣，
和你我不一样，也不用梳头。

循着光它们把头抬起，
就在床上把早餐寻觅。

抬起身，四处走，吃饭，
它们的脚下是一块地毯。

——威尔弗里德·索利 [1]

---

[1] 威尔弗里德·索利（Wilfred Thorley，1878—1963），英国诗人、翻译家。《刈麦者之歌》是其名篇。

清 风

夏季的风轻轻吹来，
园中的粉花儿长得快；
要是你能送来阵雨，
你就来闻闻花的香气。

——老花园歌

天鹅之歌

天鹅歌唱后便死去——假如有人
没唱歌就死了，倒也未必更糟糕。

——S.T. 柯尔律治 [1]

---

[1] S.T. 柯尔律治（S.T.Coleridge, 1772—1834），英国浪漫主义时期"湖畔派"诗人，也是文艺评论家和哲学家，与华兹华斯合著《抒情歌谣集》（1798）。他在诗歌创作和批评以及文学理论方面都有独到见解，对后世产生广泛影响。

小东西

小小的水滴，
能汇成大海汪洋；
小小的沙砾，
能聚成大地宽广。

分分秒秒的时刻，
尽管平凡而谦逊，
能组成伟大的时代
走向不朽的永恒。

我们的小小过错，
会让灵魂迷惘，
偏离德行的轨迹，
在罪责之中彷徨。

那些小小的善行，
和充满爱的语言，
让大地成为伊甸，

有如天上的乐园。

——茱莉亚·A.F.卡尼[1]

① 茱莉亚·A.F.卡尼（Julia A.F.Carney，1823—1908），美国教育家、诗人。她的很多诗作被谱曲传唱，或被编入课本中，其中《小东西》一诗流传甚广。

海 鸥

我整日在大海上翱翔，
穿过天空击拍白色翅膀，
我冲下海湾将鱼儿捕食，
嬉戏着驾驭翻滚的巨浪。

我整晚歇息在岩石上，
巢穴高悬在峭壁山岗，
海浪在下面沙沙作响，
清亮海风吹过我身旁。

——盖尔人的民歌

吃火鸡的日子

感恩节很快来到，
一年中就这一遭。
要是我有我的招儿，
就让感恩节天天来到。

——佚　名

十一月

我喜爱阵阵狂风，
整日吹动着窗框，
将光滑的榆树枝头
枯萎的树叶吹光，
窗玻璃外落叶飞转，
小巷尽头千片万片。

我喜爱农舍的炊烟
透过树枝上升盘旋，
鸽子安卧在笼子边，
十一月的日子一天天；
公鸡在林中啼鸣，
磨粉机向石楠地开进。

——约翰·克莱尔[1]

---

[1] 约翰·克莱尔（John Clare，1793—1864），英国 19 世纪浪漫主义时期诗人，他的诗作重视对自然的描写。作品以描写植物、动物、家乡及爱情等主题见长。近年来，由于生态批评的兴盛，克莱尔再次走入批评家和读者的视野。

快乐的秋天

春天的清晨多么欢快，
待放的花蕾圆润饱满；
盛夏的日子多么欢快，
丰产的大地一望无边；
冬日的夜晚多么欢快，
坐在炉边舒适温暖；
可是，伙伴啊，所有这些
怎能比得上快乐的秋天！

我们赞美快乐的秋日，
变红的叶子挂满大树；
这样繁华美丽的景色，
远远超过人们的描述。
我们赞美收获的时节，
一年中最快乐的时光；
成熟而丰裕的庄稼，

带给人们欢乐与吉祥。

——查尔斯·狄更斯①

---

① 查尔斯·狄更斯（Charles Dickens，1812—1870），英国19世纪著名小说家。他的作品注重描写生活在英国社会底层的小人物的生活遭遇，深刻反映了当时英国复杂的社会现实，对后世的英国文学发展有深远影响。

感恩节

跨过河水，穿过树林，
我们奔向祖父的房子；
马儿拉雪橇，
熟悉路途遥，
在白茫茫的雪地上疾驰。

跨过河水，穿过树林，
狂风啊吹刮咆哮！
刺痛脚趾，
啃咬鼻子，
我们在原野上奔跑。

跨过河水，穿过树林，
去参加最快乐的聚会。
铃儿敲响，
"叮叮当当！"
感恩节乌拉，万岁！

跨过河水，穿过树林，

我的灰斑马，快快跑！

欢跳过大地，

像猎犬奔袭，

感恩节已经来到。

跨过河水，穿过树林，

直穿越仓院的大门。

路途漫漫，

无限遥远，

等得我们心急如焚！

跨过河水，穿过树林，

能看见祖母家的屋顶！

这可太好啦！

布丁做好啦，

还有香香的南瓜饼！

——莉迪亚·玛利亚·恰尔德[1]

———————————

① 莉迪亚·玛利亚·恰尔德（Lydia Maria Child，1802—1880），美国废奴主义者、妇女权利活动家、土著人权利活动家。她思想激进，反对美国的扩张主义，反对男权中心和白人至上主义。她写过小说，并做过记者。她创作的小说和家庭阅读小册子在19世纪上半叶拥有大量的读者。

耗子的故事

他是只耗子，她也是只耗子，
他们在一个洞里居住；
他们都黑得像女巫的猫，
他俩相亲相爱相护。

他有条尾巴，她也有条尾巴，
一样长，一样弯，一样文雅，
都跟对方说："除了我这条，
你那条在全世界也顶呱呱！"

他闻闻奶酪，她也闻闻奶酪，
他们都宣称奶酪味道好，
都说奶酪会大大地增加
他们日常饭食的美妙。

于是他冒险出门，她也出门，
我见到他们苦恼地走开；

他们后来咋样我讲不清，

因为他们永远没回来。

——幼儿园歌谣

心和花边纸

玫瑰花红艳，紫罗兰青紫，
如果你要拥有我，我就把你接受。
百合花洁白，迷迭香翠绿，
如果你当国王，我就当王后。

——童谣集《古尔顿婆婆的花环》

做针线

如果大自然母亲补缀
树上的叶子和藤蔓，
我肯定，她织补的时候
用的是松针穿线；
松针这么长这么细，
若是仔细认真观看，
她穿的是蛛网上的蛛丝，
再加露水一丁点儿。

——佚　名

每　天

结交诚实的人，
喜爱美的心灵，
盼望好的事物，
做至善的事情！

——费利克斯·门德尔松①

---

① 费利克斯·门德尔松（Felix Mendelssohn，1809—1847），德国犹太裔作曲家、德国浪漫乐派颇具代表性的人物之一，被誉为浪漫主义杰出的"抒情风景画大师"，作品以精美、优雅、华丽著称。

勇　气

要勇于真诚，
决不容忍谎言；
过失多走一步
便是双倍罪愆。

——乔治·赫伯特[1]

---

[1] 乔治·赫伯特（George Herbert，1593—1633），威尔士诗人、演说家、牧师、玄学派诗人。他的作品将丰富的宗教感情和清晰的逻辑融为一体，描写生动形象，隐喻出神入化。

瞧啊，冬天过去了

瞧啊，冬天过去了，
雨呀不再来了；
大地上出现鲜花；
鸟儿们唱歌的时候到了，
斑鸠的叫声可以听到了。

——《所罗门之歌》

琵帕的歌（存目）①

---

① 作者罗伯特·布朗宁（Robert Browning，1812—1889），维多利亚时期的重要诗人，与丁尼生齐名。他创作了一种独特的诗歌形式——"戏剧独白"，可以通过人物的自白来表现人物的心理和各种场面。全诗见此套译文集中《英国历代诗歌选（下）》。

这个留给你

这个留给你

一棵苹果树！

树根扎得深，

树冠高高竖；

感谢上帝给我们

送来好吃的食物！

每根树枝上

大大的苹果胀鼓鼓，

每根丫枝上

满满的苹果胖嘟嘟，

装满礼帽，装满便帽，

装满了大麻袋，

嘿！孩子们，嘿！

好哇，欢呼！

——佚　名

芬尼先生的大萝卜块

芬尼先生有个大萝卜块，
长呀，长呀，长得快；
它长在谷仓的后面，
萝卜块对人没伤害。

它长呀，长呀，又长呀，
直到它不能再长高；
大女儿丽茜就把它
挖出来藏进了地窖。

它在地窖里面躺啊躺，
直到它开始要变烂；
小女儿苏西又把它
取出来放进壶里边。

姊妹俩煮了一遍又一遍，
煮的时间长又长，长又长；
俩姑娘把它盛出来，

然后放在餐桌上。

芬尼先生和太太，
一起坐下来吃晚餐；
他们吃呀，吃呀，再吃呀，
可算把大萝卜块吃完！

——佚　名

阿尔吉遇到一头熊

阿尔吉遇到一头熊，
那熊庞大得胀鼓鼓，
就像阿尔吉胖嘟嘟。

——佚　名

两人一张床

我的弟弟小汤米

跟我睡在一起

他蜷曲身体

把他自己

恰好啊

摆成

字母

像

V

我们的小床不太宽

他就占了我这边。

——A.B. 罗斯 ①

---

① 生平不详。

为人准则

希望人家怎样对待我，
我就该怎样对待人家，
让自己学得善良、诚实、温和，
努力这样做啊，每个小娃娃！

——佚　名

翅　膀

啊，我多想有鸽子的翅膀！
我就会飞翔，也能歇息。
瞧，我会翱翔到远方，
逍遥在无边的旷野里。

——《圣经·诗篇》

晚　安（存目）^①

---

① 作者简·泰勒（Jane Taylor，1783—1824），英国诗人、小说家。她为一支曲子填写的诗作《一闪一闪小星星》享誉全世界，但人们往往遗忘了它的作者。她与妹妹安·泰勒（Ann Taylor）一起创作了许多深受孩子们喜爱的诗篇。全诗见此套译文集中《英国历代诗歌选（上）》。

滑稽老头儿和他的老婆

从前，一间很小很小的屋子里
住着个滑稽老头儿和他的老婆；
老头儿说些滑稽话儿逗老婆哈哈笑，
每天都是这么过。

一天，老头儿说了一桩滑稽事，
他老婆笑得尖声叫，笑痛了肚子，
但可怜的老婆子笑得止不住，
至少此后三天都如此。

老婆用尽力气笑，笑到声嘶力竭，
整个三天三夜笑下去，
到最后老婆一丁点儿都不晓得
自己为啥笑，笑的是什么事儿。

——佚　名

我高兴

我高兴天空一片蔚蓝，
大地一片葱绿，
那么多新鲜美好的空气
夹在中间成了三明治。

——佚　名

蜂　鸟

蜂鸟啊，蜂鸟啊，
真漂亮，像个小仙人；
住在阳光灿烂的花丛中，
是个欢乐的小生灵。

——玛丽·霍威特①

---

① 玛丽·霍威特（Mary Howitt，1799—1888），英国诗人，与丈夫一起创作了大量的文学作品。

鸵鸟是只笨笨鸟

鸵鸟是只笨笨鸟，
一丁点心计都没有。
他总是飞快地奔跑，
把自己抛在后头。

他到了一处，就站立
或闲逛直到夜晚，
没什么好事可以做，
一直闲逛到白天。

——玛丽·E.威尔金斯·弗里曼[①]

[①] 玛丽·E.威尔金斯·弗里曼（Mary·E.Wilkins Freeman，1852—1930），19世纪美国杰出的女作家。十几岁时她就开始为孩子们写诗，并获得成功，后开始短篇小说的创作。代表作有《一个谦卑的传奇故事及其他》《一位新英格兰修女及其他》。

跳蚤和苍蝇

一只跳蚤和一只苍蝇陷进了烟道。

苍蝇说："咱们逃吧！"

跳蚤说："咱们飞吧！"

他们一起从烟道的裂缝里逃掉。

——佚　名

豌　豆

我吃豌豆蘸着蜂蜜，
我一辈子都这样吃它，
这玩意儿味道挺古怪，
豌豆蘸蜜上刀叉。

——佚　名

乌有先生

我认识一位小小人，很滑稽，
他悄无声息，像老鼠，
常常在别人家里恶作剧，
折腾在所有人的房屋！
我们从没有看清他的脸，
但这个想法错不了，
我们噼啪打碎的每只盘，
都是乌有先生使的招。

准是他把我们的书本撕烂，
进屋从来门不关，
还将纽扣从我们的衬衣扯下，
又把别针扔满天。
那门老是吱咯叫，吱咯叫，
请你别嘀咕，别费心，
给门上点油，它就静悄悄，
这活儿留给乌有先生。

一道道手指印把门板弄脏，

这事我们可没干；

我们从没有不关百叶窗，

让窗帘褪色又难看；

我们也从没打翻墨水瓶，

一双双靴子四处扔，

这样的事情赖我们可不行，

只能怪乌有先生。

——佚　名

婚　礼

红苹果，黄柠檬，
一串玫瑰戴上身，
金子银子堆身旁，
我知道谁是我新娘。

——伦敦街道游戏

让狗撒欢儿

让狗汪汪叫，乐得到处咬，
因为上帝就是这样把狗造。

——艾萨克·瓦茨[①]

① 艾萨克·瓦茨（Isaac Watts，1674—1748），英国赞美诗作家、神学家和逻辑学家，被誉为"英国赞美诗之父"。

白蝴蝶（存目）①

---

① 作者阿尔杰农·查尔斯·斯温本（Algernon Charles Swinburne，1837—1909），英国19世纪后半叶的重要诗人、小说家、剧作家、批评家。1866年出版了《诗与歌谣》，产生广泛影响。全诗见此套译文集中《英国历代诗歌选（下）》。

给我的瓦伦丁情人节

假如苹果成了梨，

桃子成了洋李，

假如玫瑰有了另一个名称，

假如老虎是熊罴，

所有的手指成了大拇指，

我还是同过去一样爱你！

——佚　名

种子宝宝

一棵乳草做成的摇篮，
舒适又温暖，
种子宝宝躲在那里，
远离伤害保安全。
把摇篮帐子打开，
把它高高举起来！
来吧，风儿先生，吹吧，
帮助宝宝飞起来！

——佚　名

盖尔语催眠歌

静！海浪在滚滚前进，
泛起白沫，泛起白沫；
爸爸在喧闹声中劳动，
宝宝在家里睡着。

静！风儿在粗声呼啸，
风儿来了，风儿来了！
哥哥在寻找走失的羊群，
宝宝在家里睡着。

静！大雨扫过了土墩，
雨到处落，雨到处落；
姐姐出门去寻找母牛，
宝宝在家里睡着。

——佚　名

整个夜晚

睡吧，宝贝，安静地睡觉，

整晚睡平安，

上帝会派来守护天使，

整晚守身边。

瞌睡的时刻正悄悄来临，

高山和深谷在酣睡中沉浸，

亲爱的，妈妈守着你，

整个夜晚。

——佚　名

此刻我躺下来

此刻我躺下来入睡，
上帝啊！请赐给我灵魂以安息；
请赐我以爱，整个夜晚，
再请您用晨光把我唤起。

——佚　名

早上床

早上床，早起床，

教人聪明、富足和健康。

——古谚语